christian ritter

# halb|neu

christian ritter

# halb|neu

kurzgeschichten

Buchverlag Peter Hellmund

INHALT

*Was man versprochen hat, soll man halten.*
*Das macht man so.*

*Für Dr. Jasmin*

## DIE PIMPS DER 1A

Meine Grundschule heißt heute Würth-Schule. Würth, der Schrauben-Weltkonzern aus Künzelsau. Als ich sie besuchte, in den späten Achtzigern, hieß sie einfach nur Grundschule. Aber damals hieß das easy-credit-Stadion auch noch Frankenstadion, die SchücoArena Bielefelder Alm und die Room Service Executive Managerin Putzfrau.

Es ist eben vieles anders geworden, man mag es sich kaum vorstellen, das ist schon ein Siebteljahrhundert her …

Ich ging die vielen, vielen Stufen am Schuleingang mit einer großen großen Portion Angst und meiner He-Man-Masters-of-the-Universe-Schultüte nach oben, drehte mich um, ließ mich fürs Familienalbum fotografieren und schickte meine Mutter nach Hause – sie war einfach zu uncool.

Drinnen im Schulgebäude ließ ich mich von einem Viertklässler anrempeln und als Kindergartenzwerg beschimpfen, was für mich genügend Grund darstellte, ihn beim nächstbesten Lehrer zu verpetzen, der grade in der Gegend herumstand. Der Hausmeister war stolz, dass ich ihn für einen Lehrer hielt, und machte mich in zwei Sätzen mit der Hierarchie der Grundschule vertraut: »Die Großen haben immer recht. Und wenn das mal nicht so ist, dann sind sie immer noch stärker.« Dann schenkte er mir eine Schokomilch und raunte mir zu: »Dieses Gespräch hat es nie gegeben.« Die Klassen 3 und 4 haben einfach mehr Kaufkraft und nehmen ihm mehr Müsliriegel und Schokomilch ab. Wenn die rauskriegen, dass er sich mit 'nem Erstklässler einlässt, uiuiui. Dann wars das mit dem neuen Zweier-Golf.

Hinlänglich verwirrt verlief ich mich spontan dreimal im Schulhaus, fand dann die richtige Tür, die mit der 1A vorne drauf. So weit konnte ich schon zählen und lesen, ich war schon immer begabt.

Ich zupfte ein bisschen an meiner Jeansjacke (der mit dem Hulk-Hogan-Button – »The Hulkster«) herum, so lange, bis sie nicht mehr ordentlich saß, und ging dann hinein.

In der letzten Reihe hatten sich schon meine Homies aus dem Kindergarten breitgemacht und mir einen Fensterplatz freigehalten. Wir begrüßten uns auf die übliche »coole« Art, fragten uns, ob wir »gut drauf« seien, sagten ein paar Mal zu oft »cool« und »alles Banane« und so, so wie Udo Lindenberg das heutzutage noch macht, und lästerten schon mal über den Lehrer, der bestimmt »voll der Grufti« wäre. (Worte wie »Vollspast« oder »Wichssau« kamen ja erst in den 90ern auf.)

Der Lehrer kam dann herein, mit seinem Vollbart und seinem bunten Pullover, und spielte Gitarre: Danke für diesen guten Morgen! Und wir, in der letzten Reihe, machten einfach nur den Mund auf und zu und sangen nicht mit und kamen uns vor wie die größten Revoluzzer, die Kings, die Checker, die Pimps der 1A.

Und so ging es weiter. Wir starteten eine wilde Zeit,

ohne Zwänge, ohne Konventionen, wir waren jung, unpolitisch und freizügig. Wir waren irgendwie alle Uschi Obermaier.

Wir aßen nur das innere Weiche von unseren Pausenbroten und schmissen die Rinde weg, weil die angeblich das Gesündeste war. Und wenn dann mal eine von den »Bitches« oder, wie wir damals noch sagten, von den »Mädchen, igitt« sagte, dass die Kinder in Afrika froh wären, über die Rinde, dann taten wir so, als ob wir sie küssen wollten, was sie zuverlässig vertrieb und heutzutage wahrscheinlich in einer Klage wegen sexueller Belästigung münden würde. Wenn sich doch mal eine küssen lassen wollte, dann nannten wir sie »Luder«, weil wir das von Mama gehört hatten, also über andere natürlich, und meinten, dass sie bestimmt ganz früh Babys kriegen würde, wenn sie so weitermacht. In zwei Fällen hatten wir sogar recht damit.

Die haben wir ganz schön geärgert, die Mädchen. Heute wird man ja auf dem Pausenhof gar nicht mehr geärgert oder veräppelt, heute wird man gedisst. Damals gab's Dis(s) nur im Musikunterricht. Damals war Parodonthitis noch Parodonthose, Werther's Original noch echt, Uschi Glas noch attraktiv, und überhaupt: Damals hieß man noch Uschi – und schämte sich nicht mal dafür.

Damals fielen die Bären in der Fernsehwerbung auf einen Stapel frisch gewaschener, flauschiger, kuschelweicher Wäsche und hingen nicht faul in einer Klopapier-Hängematte und machten Geräusche wie eine Dampflok.

Wir Kinder der 80er waren froh, mal in den Schwarzwald zu fahren oder an die Nordsee und wollten nicht ständig nach Potonesien.

Unsere einzige Vernetzung bestand darin, sich mal beim Seilhüpfen zu verheddern. Wir hatten keine eigenen

E-Mail-Adressen, keine Handys, keine Webcams, keinen Avatar in Second Life, wir hatten nur eine, eine kleine Welt …

Eine Welt, in der die Kriege kalt waren und unser Land auf Ewigkeit schwarz-gelb, in der es noch Schnee im Winter gab und nur drei Fernsehsender. Und auch wenn da überall nur Frank Elstner kam, scheißegal. Bei den Filmen sah man wenigstens noch den Abspann. Oder man war einer dieser Neureichen, dieser Vorreiter der Moderne, die sich eine Schüssel aufs Dach montierten um »direkt aus dem Weltraum« die Mini-Playback-Show mit Marijke Amado empfangen zu können, ohne zu ahnen, wohin ein derartiges Showkonzept irgendwann mal führen sollte.

Es war eine Welt, in der man noch wusste, wer die Guten und wer die Bösen waren – He-Man und Skelletor. Eine Welt, in der ein Fußballspiel zuverlässig 90 Minuten dauerte und nicht nach der Hälfte abgebrochen wurde, weil im ostdeutschen Fanblock ständig die U-Bahn nach Auschwitz losfuhr. Eine Welt, in der man Ballonhosen trug und Dauerwellen, Schulterpolster und Sonnenblumen in den Bundestag, nach Bonn. In der man sich noch Tapeten an die Wände klebte, mit Tiermotiven drauf, in der eine Wohnungseinrichtung noch keine eigene Philosophie haben musste und »klare Linien«.

Eine Welt, in der man noch irgendwas Tolles können oder irgendwen erschießen musste, um mal ins Fernsehen zu kommen. In der es noch Musikkassetten gab, zum Umdrehen, und mit Bandsalat. Wie geil wär mal wieder so'n richtig schöner Bandsalat!

Eine Welt, in der Popstars schon volljährig waren, in der noch nicht alle Fußgängerzonen gleich aussahen.

Eine Welt, in der es noch was Besonderes war, mal nach

London zu fliegen oder nach New York, und zwar nicht »mal eben so zum Shoppen«. Da gab es noch kein Shopping, da ging man noch einkaufen, und man brachte es sogar fertig, ohne Skistöcke richtig laufen zu können.

Eine Welt, in der Big Brother noch eine furchterregende Vision war, in der man dachte, im Jahr 2007 hätte jeder Mensch sein eigenes kleines Raumschiff. In der noch nicht jedes zweite Kind in Afrika infiziert war, aber wahrscheinlich trotzdem froh gewesen wäre über die Brotrinde.

Es war eine Welt, in der David Hasselhoff nach Freiheit und Liebe suchte und Matthias Reim der Einzige war, der bis nach Mitternacht durch die Straßen zog. Eine Welt, in der Willi Tanner noch ALF in seiner Garage hatte und keine crackrauchenden Stricher vor seiner Videokamera, in der die BRAVO noch das einzige Medium für Kinderpornografie war.

Es war eine Welt, in der eine Grundschule noch Grundschule heißen durfte und in der wir, die Pimps der 1A, uns noch zurechtfanden – weil wir die Könige dieser Welt waren.

Dieser Welt, die so lange schon untergegangen ist.

## RENTNER-STYLE
Eine Bamberger Geschichte

Es ist jetzt etwa ein Jahr her. Die Sonne stand tief im Osten und überlegte sich gerade, höherzusteigen. Der Showdown ereignete sich gegen halb neun morgens. Die Bushaltestelle Kloster-Banz-Straße schillerte im aufbegehrenden Morgenlicht. Ich stand unter dem eingekreisten H und richtete meinen sehnsüchtig-verschwommenen Blick die unbefahrene Straße hinauf. Der Bus näherte sich … noch nicht.

Unbekümmert streiften meine Augen die einzig mit mir Wartende, eine Rentnerin.

Ich versuchte, ihren Blick abzustreifen. Denn schon damals wusste ich: Rentner sind gefährlich! Sie tun ja nichts den ganzen Tag, sie reden immer nur. Sie reden darüber, was andere tun, sie reden darüber, was andere reden, sie reden unter ihresgleichen über ihresgleichen, über alles und nichts, über sich selbst und über Krankheiten. Oder sie warten, zumeist auf den Bus. Und sie wollen redend warten. Ein kleiner Warte-Tratsch sozusagen. Rentner-Style.

Ich versuchte also, mich dem Blickfeld der kopfbetuchten betagten Dame zu entziehen, indem ich eine 90-Grad-Drehung nach links machte und mir eine Zigarette ansteckte. Das war ein Fehler.

»Ach, junger Mann, Sie rauchen?«

Sie hat mich erwischt. Ich kann nicht nicht antworten, das schadet dem Ruf der Jugend. Also lasse ich mich auf die Konversation ein.

»Mhm.«

»Mein Mann hat auch geraucht – jetzt ist er tot.«

»Oh.«

»Das war 1960.«

»Aha.«

»Ich wollt ja nimmer heiraten danach.«

»Ui.«

»Gut, da war dieser nette Nürnberger 1986. Der hat mich ausgeführt zum Tanzen. War ja ein schöner Sommer 86, oder war da Tschernobyl? Na, macht ja nichts, Sie wissen ja gar nicht mehr, was das ist. Jedenfalls war's schön mit dem Norbert. Aber dann hab ich mir gedacht, na, ob das das Wahre ist, ich war ja auch schon 62 und« – der Bus hatte an diesem Tag 14 Minuten Verspätung und Hermine, sie machte sich mir später ungefragt bekannt, hatte viel zu erzählen.

»Ach junger Mann, so ein Taschentelefon haben Sie auch? Meine Enkelin hat auch so was. Die hat auch so Haare wie Sie ...«

»Ach.«

Als der Bus endlich eintraf, ließ ich den Fahrer meine Verachtung spüren, indem ich hinten einstieg. Es war noch ein Platz frei, ein Doppelplatz. Hermine gesellte sich wieder zu mir.

»Ach, das waren ja ganz andere Zeiten damals, so gut wie du ...«

(Sie war inzwischen dazu übergegangen, mich zu duzen.)

»So gut wie du möchte ich's auch mal gehabt haben.

Studieren, mit dem Bus in die Uni fahren, pah. Wir sind damals die fünf Kilometer zu Fuß zur Schule gelaufen, jeden Tag, und im Winter barfuß.«

Es wurde gerade irgendeine Brücke abgerissen, deshalb brauchten wir für die einfache Strecke in die Innenstadt doppelt so lange wie sonst: 20 Minuten. 20 Minuten Hermine. Sie erzählte mir Dinge, die ich nicht wissen wollte, über Leute, die ich nicht kannte – Rentner-Style. Als ich ausstieg, fasste ich den Entschluss, mein Fahrrad zu reparieren.

Doch in den kommenden Wochen konnte ich mich, ob mit Bus oder Fahrrad, Hermine nicht entziehen. Sie war überall, wo ich auch war. Stand ich an einer roten Ampel, winkte sie mir von gegenüber zu. Kam ich aus der Uni, wartete sie auf einer Bank auf mich. Wollte ich mir im Müller neue CDs anhören, kaufte sie zeitgleich 2-Phasen-Gebissreiniger.

Hermine entwickelte sich zu meiner persönlichen, 81-jährigen Stalkerin.

Die Situation eskalierte, als ich eines Morgens aufwachte. Unter Stöhnen und Kratzen schleppte ich mich ins Badezimmer – und da, auf dem Wannenrand, saß Hermine. »Dein Mitbewohner hat mich reingelassen«, sagte sie unbekümmert und strubbelte mir durchs Haar. »Groß bist du geworden.«

Daraufhin fiel ich in Ohnmacht – und was war wohl das Erste, das ich wahrnahm, als ich aus meinem Dämmerzustand erwachte? Krampfadrige Waden, in eine hautfarbene Strumpfhose gequetscht. Die einzig logische Konsequenz aus diesem Anblick konnte für mich nur sein: Ich akzeptiere Hermine endlich als Großmutterersatz, obwohl ich eigentlich genügend Großmütter habe. Doch ihr hat das nicht gereicht. Sie wollte mehr. Sie wollte mich bemuttern, ohne das »groß-«, mich umsorgen, meine Klamotten waschen und für mich kochen.

Ich gewöhnte mich an ihre Anwesenheit, ließ es mir gut gehen, ließ sie die angesagtesten Pullover für mich stricken und versteigerte sie bei eBay. Dafür hörte ich ihr zu. Alles lief perfekt.

Doch als wir eines Abends in unseren Schaukelstühlen auf dem Balkon wippten, in den Händen Keesmann Herrenpils und Klosterfrau Melissengeist, erzählte sie mir von Oliver. Sie hatte ihn an der Bushaltestelle kennen gelernt. Er ist im ersten Semester, katholische Theologie. Sie machte mit mir Schluss. Einfach so. Ohne Rücksicht auf meine Gefühle zu nehmen – und auf die schon versteigerten und noch nicht zu Ende gestrickten Pullover. Sie ging, ohne zurückzublicken. Rentner-Style.

Von da an wartete ich jeden Tag sehnsüchtig an der Bushaltestelle Kloster-Banz-Straße, doch sie hatte das Busfahren aufgegeben. Einmal noch sah ich sie in einem Auto an mir vorbeifahren. Auf der Heckscheibe prangte ein aufgeklebtes Herz. Hermine+Oliver.

Es tat so weh, dass ich beschloss, aus Bamberg-Ost wegzuziehen. Ich suchte mir eine Wohnung in der Innenstadt, die nur ein Kriterium zu erfüllen hatte: Vor der Haustür musste eine Bushaltestelle sein.

## ENTSCHEIDUNGSFREIHEIT

In einer durchschnittlichen Woche schließe ich vier neue Handyverträge ab, kündige zwei Nebenjobs und nehme drei an, ziehe mich 40 Mal um, beziehe zehn Mal mein Bett neu, gebe das Rauchen 150 Mal auf und fange es wieder an und kaufe mir fünf bis neun Katzen, die ich am nächsten Tag alle wieder aussetze; manchmal auch Vögel, da geht das mit dem Aussetzen leichter, oder Fische, dafür gibt es ja das Klo.

Alle zwei Wochen wechsle ich meinen Hauptwohnsitz, verkaufe mein Auto und kaufe mir ein neues, oder ein Moped, je nach Laune. Alle paar Tage stürze ich mich in eine neue Beziehung, mit Frauen oder Männern, die ich alle sehr liebe, aber eben nur, bis ich mich spontan umentscheide.

Genau das ist mein Problem: Ich leide an Entscheidungsfreiheit. Ich bin frei davon, Entscheidungen treffen zu können. Entweder entscheide ich mich ganz spontan und will »das da« dann kurze Zeit später gar nicht mehr haben, wie die Haustiere, oder ich denke stundenlang über die einfachsten Entscheidungen nach.

Jeden Tag quäle ich mich Ewigkeiten mit Fragen wie: Vollkorn oder Mehrkorn? Bolognese oder Arrabbiata?

Aufstehen oder nicht? Zwei-, drei- oder vierlagiges Toilettenpapier kaufen oder doch lieber das aus der Uni klauen? Und: Darf's noch ein bisschen mehr sein? Mit einem einfachen »Nein« wäre die Sache aus der Welt, ich aber beziehe alle Eventualitäten, Unwägbarkeiten und auch die Wetterlage mit ein, bevor ich der Metzgerfrau antworte: »Vielleicht.« Sie deutet es dann meist zuverlässig als »Ja«.

Ganz schlimm ist das alles in der Wahlkabine. Da geht es ja um was. Und dann stehe ich so vor dem Wahlzettel und sehe mir die ganzen Parteien an, die ja alle irgendwie ihr Gutes haben. Also die NPD zum Beispiel, dass man sich wunderbar über sie lustig machen (das Parteischmierblättchen »Deutsche Stimme« etwa wird in Polen gedruckt) oder sie verbieten kann. Aber ernsthaft: Diese Tierschutzpartei, die kann sich ja um meine Katzen kümmern, die auf der Straße landen. Die Grünen sorgen sich um den Müll, den ich beim Auto- oder Mopedfahren auf die Straße werfe, oder die Grauen Panther, ja, die sind bestimmt auch für oder gegen irgendwas Sinnvolles. Die klare Unterscheidung von CDU und SPD fällt mir auch zunehmend schwerer. Das führt dann eben immer dazu, dass ich eine halbe Stunde unschlüssig in der Wahlkabine stehe, hier was ankreuze, da was durchstreiche, so lange bis irgendjemand vorsichtig klopft und fragt, ob er mir helfen könne. Meine Gegenfrage ist dann meist, ob er eine Münze dabeihat.

> Als ich meinem guten Freund Herrn Müller mal von meinem Problem erzählte, meinte der, ich solle doch vielleicht mal beim Psychiater vorbeischauen.

Während ich darüber grübelte, ob ich seinen Rat nun befolgen sollte oder nicht, drehte und wendete ich zwei

Joghurts in meinen Händen, Banane und Kirsch, zwischen denen ich mich nicht so richtig entscheiden konnte, außerdem wusste ich auch gar nicht, ob ich wirklich Hunger hatte, und wo ich schon mal so ruhig dasaß, beschloss ich, dass die Wand mal wieder einen neuen Anstrich vertragen könnte, aber in welcher Farbe? Da gibt es ja sogar mehr als zwei, ojemine. Schließlich beschloss ich so halbwegs, ich könnte ja mal beim Psychiater vorbeischauen, aber vorher würde ich zur Absicherung eine Selbstdiagnose stellen.

Nachdem ich zwischenzeitlich beide Joghurts zur Hälfte gegessen und mich für irgendwas im Farbspektrum Blau, Rot und Grün für die Wand entschieden hatte, überlegte ich also, wie *die* das so machen, legte mich längs auf die Couch und stellte mir selbst die Frage:

Welche Erlebnisse in meiner frühern Kindheit könnten wohl die Ursache meiner Entscheidungsfreiheit sein?

Vielleicht Onkel Hannes, der immer in einer seiner zwei Fäuste ein Fünfmarkstück versteckt hatte und ich musste draufdeuten und bekam es dann, wenn ich richtig lag? Aber da hab ich doch immer gewonnen, das kann's also nicht sein.

Oder meine Mutter, die mal meinte: »Kind, du kannst entweder weiter jeden Tag mit deinem blöden Playmobil-Piratenschiff in der Badewanne spielen oder du fängst jetzt endlich mal an, Hausaufgaben zu machen, damit aus dir mal was Ordentliches wird, zum Beispiel Kurzgeschichtenschreiber. Aber diese Entscheidung hat sie mir mehr oder weniger abgenommen. Das war es also auch nicht. Aber was dann?

Was dann?

Dann, plötzlich, fiel es mir wie Abermillionen stinkender Fischschuppen von den Augen: Es gab da dieses eine einschneidende Erlebnis in der Präpubertät, das es mir ganz deutlich machte:

Das Fernsehen ist schuld!

Ich war sieben Jahre alt und unser Hippielehrer schickte mich und meine Homies aus der 2A zu der beliebten Fernsehshow »1 2 oder 3 – Du musst dich entscheiden, drei Felder sind frei!« und während die anderen genau wussten, auf welchem Feld sie irgendwann stehen bleiben würden und nur kamerageil hin und her hüpften, wie Onkel Schanze es uns vorher eingehämmert hatte (»Ihr müsst hüpfen! Ohne Hüpfen ist das ganze Konzept der Sendung fürn Arsch!«), wusste ich tatsächlich nicht, wo ich denn mal stehen bleiben sollte. Als es dann geheimnisvoll hieß »Ob ihr wirklich richtig steht, seht ihr, wenn das Licht angeht«, stand ich immer auf der Lücke zwischen Feld 1 und Feld 2 oder auf der Lücke zwischen Feld 2 und Feld 3. Ich habe keinen einzigen goldenen Ball gekriegt. Mein Team hat verloren. Und außerdem wurde die Sendung nie ausgestrahlt, weil sich alle geschämt haben, dass dieses eine dumme Kind nicht verstanden hat, was es überhaupt tun muss.

Das war sie also, die Ursache meiner Entscheidungsfreiheit, der Urknall des Traumas.

Nach der erfolgreichen Selbstdiagnose entwickelte ich sofort den Lösungsansatz: Der Fernseher muss weg, dann ist alles wieder gut. Also schmiss ich ihn aus dem Fenster. Außerdem bekam Michael Schanze einen ansatzweise freundlichen, aber bestimmten Brief, in dem nicht öfter als höchstens fünf Mal der Ausdruck Pädophilie vorkam.

Am nächsten Tag entschied ich mich um, kaufte einen

neuen Fernseher und schickte Schanze eine Postkarte mit einem Glücksbärchi als Entschuldigung.

Seitdem betrachte ich mich als geheilt. Wobei ich gerade erst neulich wieder einen Rückfall hatte. Als mir ein junger Mann am Frankfurter Bahnhof zuzischte: »Pssst, Gras, Haschisch«, konnte ich mich nur schwer zwischen den mir präsentierten Alternativen entscheiden.

Aber mit meiner neuen Taktik fahre ich eigentlich ganz gut: Einfach nicht entscheiden und alles auf einmal nehmen. Auch wenn's richtig reinhaut.

## RITTER, ANGENEHM

Hallo, mein Name ist Christian Ritter, ich bin 24, Wassermann, freier Journalist, Schriftsteller, Student – Germanistik, Kommunikationswissenschaft und Europäische Ethnologie – hochmotiviert, leicht narzisstisch, wohnhaft in Bamberg, Oberfranken, meine Hobbys sind Lesen und Schreiben, Poetry Slam, Bowling, Billard, Handball und ausgewähltes Fernsehprogramm, meistens nachts. Vor dem Einschlafen höre ich mir gerne legal gedownloadete Drei-Fragezeichen-mp3s an. Und eigentlich habe ich eine tiefe Abneigung gegen solche Neologismen wie gedownloadet, downgeloaded, gegoogelt und so Sachen – verwende sie aber trotzdem ständig.

Ich neige zur Spielsucht, Poker, Sportwetten und Greifarmautomaten. Ich mag das Geräusch, das entsteht, wenn ein Nachtfalter direkt in eine Glühbirne fliegt – bssst. Ich bin spontan, kreativ, Phlegmatiker, esse am liebsten Spaghetti und Rühreier, weil das die einzigen Sachen sind, die ich kochen kann, habe Angst vor Hunden, die größer als 20 Zentimeter sind und wenn mir langweilig ist, reiße ich mir Nasenhaare aus, damit ich niesen muss und finde das witzig. Im sexuellen Bereich präferiere ich …

Wie, das interessiert Sie nicht? Das alles? Aber wir leben doch in einer Informationsgesellschaft und ich dachte, bevor Sie sich das alles mühsam ergoogeln müssen … Ist ja auch einfacher so, bevor man immer nachfragen muss. Am besten wäre ja …

Man sollte sich ein T-Shirt drucken lassen, mit dem kompletten Lebenslauf drauf, dann braucht man nicht mal ein Passfoto. Erspart einige Mühe, und Enttäuschungen. Ich meine, wenn da dann steht: 1984: unehrenhafte Kündigung bei Tengelmann – und als nächste Station 2005: Automatenhilfe auf dem Bahnhof Bielefeld, dann weiß man schon, dass man mit dem nicht unbedingt über Luhmanns Systemtheorie oder das lyrische Lebenswerk von Gottfried Benn diskutieren muss.

Oder, anderer Fall, wenn man mal an einer Überwachungskamera vorbeikommt, meistens sieht man die ja gar nicht, obwohl die überall sind, dann weiß der Wachmann an seinem Monitor schon: Aha, der studiert, der kann's nicht gewesen sein, so früh ist der gar nicht wach. Dank des T-Shirts. Ich glaub, das lass ich mir mal patentieren.

Sie können ja auch gern was von sich erzählen. Ich meine, Sie haben mich ja immerhin angesprochen, jetzt sind Sie auch mal dran.

[…]

Ah ja, Zivilstreife also. Ich hab mir schon gedacht, zwei junge Männer um diese Zeit allein auf der Straße, dann sind die entweder … haben Sie Lammbock gesehen?

[…]

Nein, das sollte keine Beamtenbeleidigung sein. Sie können Ihren Revolver auch stecken lassen, Herr Wachtmeister, 'tschuldigung, Oberwachtmeister. Was wollen Sie denn eigentlich?

[...]

Dann will ich zuerst bitte Ihren Ausweis sehen. Sie können mir hier ja was vom Pferd ... hmmm, ich weiß eigentlich gar nicht, wie so'n richtiger Polizeiausweis aussieht. Aber ich glaub Ihnen mal. Aber Sie brauchen mich gar nicht zu überprüfen, das machen die in Bamberg schon alle zwei Wochen, weil ich manchmal nachts Auto fahre. Das reicht da ja schon. Ich mein, den Aufwand müssen Sie sich gar nicht machen, in Ihrem Computer steht nix über mich. Total sinnlos also. Wie wenn man Wolfgang Schäuble zu einem Stehempfang einladen würde ...

[...]

Ach, das ist Ihr Chef, ja, stimmt. 'tschuldigung! Nein, das sollte keine Beleidigung von Randgruppen sein. Ja, ich mag Behinderte, sehr sogar. Ach ja, der Ausweis. Gut, hier.

[...]

Warum stehen Sie denn jetzt weiter hier rum? Sie können sich doch auch mit Ihrem Kollegen ins Auto setzen, da ist es wenigstens warm, und über meinen Verkehrsunfall von 1999 lachen. Ach, Vorschrift. Ja genau, weil ich Ihnen wegrenne, wenn Sie meinen Ausweis haben.

Ich finde das ja gar nicht mal in Ordnung, so einfach nachts auf offener Straße. Wenn jemand vorbeifährt, der mich kennt, der erzählt das weiter. Und Sie wissen ja, was die Leute so dazuerfinden. Da heißt es dann morgen gleich, ich hätte Höhenflieger genommen.

[...]

Taschen ausleeren? Ja, das ist grade ganz schlecht. Da ist so viel unnützes Zeug drin, das würde Ihnen nur Ihre schöne Motorhaube verkratzen ... Ja gut, dann mach ich's eben.

[...]

Das da, das ist ein Klumpen Erde, Urlaubssouvenir. Aus der Türkei, Antalya. Da stand ich so am Strand und neben mir hat grade so ein englisches Mädchen behauptet, sie wäre schon 15 und dann – dann hab ich diesen schönen, runden Brocken Erde gesehen und gedacht: Der – der gehört exportiert, so schön wie der ist, und rund, und –

[...]

Nein, keine Drogen. Ja klar, sieht so aus ja, aber – ich vertrag das doch gar nicht. Ich schlaf da immer nur von ein. Also, ich meine, also wenn ich das mal ausprobiert hätte, dann könnte ich mir vorstellen, dass ich davon einschlafen würde, meine ich natürlich. Nicht dass ich das jemals getan hätte. Okay, einmal, aber ich habe nicht inhaliert!

[...]

Das können Sie mir jetzt glauben oder nicht. Haarprobe? Gut, hier! Autsch. Zufrieden?

[...]

Mit aufs Revier? Ich bitte Sie, Sie haben doch sicher Sinnvolleres zu tun, als mich irgendwie in U-Haft zu nehmen wegen so 'nem Klumpen Erde. Bevor Sie wieder die Knarre ziehen, das sollte keine Anzweiflung der Sinnhaftigkeit Ihrer Tätigkeit sein. Ich schätze den Polizeidienst sehr. Ich kenne sogar diverse Polizisten, die sind ganz nett. Sitzen übrigens auch in hohen Positionen. Der Herr Schwattemeir zum Beispiel, das ist ein ganz sympathischer Mensch. Der steht doch sicherlich im Cop-Ranking über Ihnen, sein Wellensittich heißt übrigens Gustav. Den könnte ich auch mal wieder anrufen, also nicht den Wellensittich. Ich suche mal eben die Nummer im Handy ... Ah ja, hier ist sie ja, sehen Sie?

[...]

Wichtiger Funkruf? Notfall? Hab ich gar nicht gehört. Kriegen Sie den über 'nen Knopf im Ohr neuerdings? Diese Technik!

[...]

Ihnen auch noch einen schönen Abend, die Herren! Und auch mal locker bleiben zwischendurch, ne?

[...]

Nein danke, brauchen Sie nicht. Ich hab's nicht mehr weit. Fahren Sie mal lieber zu Ihrem Notfall.

Gute Na-hacht!

## ABZWEIGUNG LINKS

Von oben sieht es aus wie eine Ansammlung unkoordinierter Ameisen auf einem schmalen Waldweg. Kollektivgezappel. Von Bäumen ist jedoch weit und breit nichts zu sehen. Zusammengehalten wird der Tross von bunten Reklameschildern und dazugehörigen Geschäften, Straßentischen und geschlossenen, phallusgleichen Sonnenschirmen.

Die Fußgängerzone würde aus allen Nähten platzen – wie man so schön sagt –, hätte sie denn welche. Und wäre jeder Mensch in ihr ein Spermium, spräche es wohl für außerordentlich gute Samenqualität. Doch ohne Mikroskop und Metaphorik bleiben bloß bloße Menschen. Zwei von ihnen arbeiten sich kontinuierlich durch das Gesichteratelier aufeinander zu, ohne es zu wissen.

Diana und Julian treffen sich vor einem Cafè. Der Accent ist falsch gesetzt, wie so oft. Beide sehen im 45-Grad-Winkel zu Boden, bemerken deshalb erst in letzter Sekunde ihr jeweiliges Gegenüber.

Julian will nach links ausweichen, Diana nach rechts. Sie stoßen zusammen und Dianas Take-away-Kaffee landet auf den Pflastersteinen. Sie stockt kurz, sieht Julian dann vorwurfsvoll-verärgert an. Dessen Blick fischt bei ihr um Verzeihung.

Diana lässt sich zu einem Entschuldigungskaffee überreden, einen richtigen, ohne Pappe drum herum. Dabei verstehen sich die beiden recht gut und stellen die ein oder andere Gemeinsamkeit fest. Beide nehmen zweieinhalb Löffel Zucker. Sie verabreden sich für den nächsten Tag wieder unter dem Accent grave.

Für eine Woche geht das so weiter, dann treffen sie sich auch abends, lernen sich inniger und inwendiger kennen. Schließlich zieht Julian zu ihr, sie heiraten zwei Jahre später und produzieren viel zu schnell ein Kind. Auf die übliche Weise, also nach der Weihnachtsfeier von Dianas Firma. *Es* wird ein *Er,* und *Er* bekommt natürlich einen Doppelnamen.

Einige Jahre später. »Papa, warum besuchst du mich immer nur am Wochenende?«

»Weil Mama auf einmal lieber andere Mamas mag statt mich.«

»Papa, wo fahren wir hin?«

»Dahin, wo wir immer hinfahren.«

»Ich will aber nicht schon wieder zu IKEA.«

»Das Kinderparadies ist aber umsonst.«

»Papa ...«

Die Ader an Julians Schläfe beginnt leicht zu pochen.

»Papa ... Papa, schau, da sitzt ein Igel auf der Straße.«

»Der sitzt nicht, der liegt.«

»Papa, schläft der Igel?«

Julian richtet einen ratsuchenden Blick in die Wolken, hinter denen er den Himmel vermutet. Die Ader pocht schneller. Gleich wird alles gut. Marc-Lukas im Kinderparadies und er im 24-Stunden-Kino. Bis dahin wird gefragt.

»Papaaaa, Papaaa, schläft der Igel? Papaaaa …«

»Der Igel ist tot! Glaubst du, der kann schlafen, wenn seine Gedärme neben ihm liegen? Den hat ein LKW überfahren, so platt gequetscht, wie er ist. Und wahrscheinlich hat sich der Trucker einen runtergeholt dabei.«

Drei Minuten Stille.

»Papa, was ist runterholen?«

So geht es noch eine Weile weiter. Das Ende: Julian stirbt im Alter von 42 Jahren an einem Herzinfarkt infolge von Stress.

Rückspultaste. Herzinfarkt, Runterholen, Gedärme, Igel, Kinderparadies, andere Mamas, Doppelname, Weihnachtsfeier, Zusammenziehen, zweieinhalb Löffel Zucker, Fußgängerzone.

Diana und Julian treffen sich vor einem Cafè. Der Accent ist falsch gesetzt, wie so oft. Beide sehen im 45-Grad-Winkel zu Boden, bemerken deshalb erst in letzter Sekunde ihr jeweiliges Gegenüber.

Julian weicht nach links aus, Diana bleibt stehen. Sie kollidieren nur leicht an der Schulter. Der Deckel von Dianas Take-away-Kaffee verhindert ein Überschwappen, sie selbst hat rechtzeitig Halt gefunden. Julian will sich entschuldigen, doch Diana sieht hinter ihm eine grünhaarige stämmige Frau und verliebt sich in sie.

Julian geht alleine weiter. Er bekommt einen Flyer einer christlichen Folk-Band in die Hand gedrückt und geht daraufhin in die Kirche. Dort entscheidet er sich spontan, Theologie zu studieren und zölibatär glücklich zu werden.

Einige Jahre später. »Hoffentlich ist diesmal 'ne spannende Geschichte dabei«, denkt sich Julian auf seinem Weg zum Beichtstuhl. Er hatte sich einmal ausgemalt, dass es doch schlimme Sünden geben müsse auf der Welt, dass es also einen gewissen Entertainment-Faktor in sich bergen würde, den Schäfchen die Beichte abzunehmen.

Doch zu seinem Unglück landete er in einer 500-Seelen-Gemeinde im mittleren lieblichen Taubertal in Nordbaden. Seine bisherigen Beicht-Highlights waren Sünden wie »Vater, ich habe meinem Mann absichtlich das Essen nicht ausreichend gut gewürzt, weil er den Müll nicht rechtzeitig rausgebracht hat.« – »Vater, ich habe einen Rock getragen, der mir nur knapp übers Knie ging.« – »Vater, ich habe Heavy Metal gehört.« – »Vater, ich habe beim Skat-Spielen geschummelt.« – »Herr, vergib mir!«

Bruder Julian hat ob solcher Unterhaltung regelmäßig Schwierigkeiten, sich während der Beichte wachzuhalten. Gelegentlich steckt er sich einen Kopfhörer in das dem Schäfchen abgewandte Ohr. Nur selten hat er etwas zu schmunzeln, wenn die beiden zehn- und zwölfjährigen Brüder kommen, die immer das Gleiche beichten: sie seien nicht immer keusch gewesen. Julian muss dabei jedes Mal an Kühe denken.

Er öffnet die mittlere Tür seines Beichtstuhls, seufzt kurz und entscheidet, dem erstbesten Sünder dreißig *Vaterunser* aufzutragen.

So geht es noch eine Weile weiter. Das Ende: Julian stirbt im Alter von 42 Jahren an Leberzirrhose infolge reichlicher einsamer Messweinproben.

Rückspultaste. Leberzirrhose, Kühe, Kopfhörer, Heavy Metal, Rock, 500-Seelen-Gemeinde im mittleren lieblichen Taubertal, Sünde, Theologie-Studium, christliche Folk-Band, grünhaarige stämmige Frau, Fußgängerzone.

Diana und Julian treffen sich vor einem Cafè. Der Accent ist falsch gesetzt, wie so oft. Beide sehen im 45-Grad-Winkel zu Boden, bemerken deshalb erst in letzter Sekunde ihr jeweiliges Gegenüber.

Julian weicht nach links aus, Diana ebenso. Julian dreht sich kurz nach ihr um und bemerkt deshalb keinen der ihm entgegengestreckten Flyer einer christlichen Folk-Band. Diana hat ihn nicht registriert. Man sieht sich immer zweimal im Leben, denkt Julian und soll damit in diesem Fall Unrecht behalten.

Von hier oben sieht es aus wie eine Ansammlung unkoordinierter Ameisen auf einem schmalen Waldweg.

Oder waren es Schmetterlinge?

## DIE RASTPLATZFRAGE

Wer putzt eigentlich die Klos auf Autobahnrastplätzen? Ich meine nicht die in den großen Raststätten, bei denen es mich auch nicht wundern würde, wenn sie noch eine integrierte Bowlingbahn oder ein Schwimmbad hätten vor lauter Extras. Nein, ich meine die Klos auf diesen kleinen Rastplätzen, die aus nicht viel mehr als diesem immer gleichaussehenden Klohäuschen bestehen, manchmal auch angereichert mit einem maroden Holztisch und immer mit mindestens drei Mülltonnen. Die kleinen sympathischen Rastplätze, die man ausschließlich zum Urinieren aufsucht. Oder würde sich da jemand freiwillig für längere Zeit hinsetzen? Diese Klohäuschen, die man auch immer gerne Klohäuschen sein lässt, wenn es warm genug ist und man stattdessen in die Büsche weiter hinten geht. Wer putzt diese Klohäuschen?

Das ist eine dieser Fragen, die man sich eigentlich nie stellt, weil sie belanglos sind, weil es keine Sau interessiert, weil alle denken: »Irgendjemand wird's schon machen«, diese Fragen, die Grundlage aller Großen Pro7-Reportagen sind, die nachts um zwölf laufen: Wer macht diesen oder jenen Scheißjob, wer kontrolliert wo welche Imbissbuden und kann tolle Geschichten über Maden und Durchfall erzählen? Wer schleppt wo wie viele Autos am Tag ab, wie verbringt ein Langzeitarbeitsloser seinen Tag und wie ein Hausarzt, und welcher der beiden verdient eigentlich mehr? Und vor allem: Wer putzt die Klos auf Autobahnrastplätzen? Wer macht den Scheiß respektive die Scheiße weg?

Eine naheliegende Antwort ist: niemand. Aber das wäre zu langweilig und dann wäre dieser Text schon vorbei. Der Grund, warum ich dieses brisante Thema anspreche (anschreibe), ist ganz einfach der, dass ich weiß, wer die Klos auf den Autobahnrastplätzen putzt, und das kam so:

Ich war vor Kurzem, wie zu vermuten ist, auf einem kleinen Autobahnrastplatz, genauer gesagt: auf der A70 zwischen Schweinfurt und Bamberg, kurz vor dem Tunnel, der seit Jahren umgebaut wird. Dort stand ich, wie ebenso zu vermuten ist, vor einem Pissoir, wobei dieser Ausdruck eigentlich viel zu fein ist für diese billigen Metalldinger. Allerdings war ich auch ein Mal in der Pinakothek der Moderne in München. Da gibt es dieselben Pissoirs – und dort ist das Kunst. Ich stand also vor diesem Kunstobjekt zwischen Schweinfurt und Bamberg und urinierte hinein, als ich von hinten ein fröhliches »Mahlzeit« vernahm, was mich zum einen irritierte, da ich in diesem speziellen Klohäuschen überhaupt noch nie irgendjemanden getroffen hatte, zweitens, weil es die Stimme einer Frau und drittens, weil es zwei Uhr nachts war.

»Ich wisch nur mal eben durch. Lass dich nicht stören«, sagte sie zu mir und zog an ihrem Zigarrenstummel, den sie zwischen ihren ockergelben Zähnen eingeklemmt hatte, die farblich einen interessanten Kontrast zum ausgewaschenen Türkisgrün ihres Putzfrauenmantels hergaben.

»Wohl lange keine schöne Frau mehr gesehen, was?«, fragte sie, und ich bemerkte, dass ich sie wohl etwas zu lange interessiert betrachtet hatte, obwohl ich mit dem Zweck meines Aufenthalts eigentlich längst fertig war.

Ich schüttelte also ... ihre Hand, nachdem ich mir die Hände gewaschen hatte, und machte mich mit ihr bekannt.

Sie heißt Hilde. Hilde ist die Putzfrau auf allen Autobahnrastplätzen Deutschlands. Sie fährt 800 km am Tag, hält an jedem Klohäuschen am Autobahnrand, packt Plöppel, Swiffer und ihren Eimer aus und sorgt für Ordnung. Da sonst keiner den Job machen will, verdient Hilde so viel wie ein durchschnittlich gutbezahlter Oberstudienrat, plus Dienstwagen und Übernachtungen in Hotels bis 500 Euro die Nacht. Hildes Arbeitgeber ist der Verkehrsminister, bei dem sie einmal im Jahr zum Abendessen eingeladen wird. Hilde sieht viel, hat ein aufregendes Leben und ein interessantes Hobby: Sie schreibt sich alle Wandschmierereien, die sie sieht, in ein kleines Notizbuch, bevor sie sie wegwischt. Auf Autobahnrastplätzen gibt es viele Wandschmierereien, deshalb muss Hilde sich alle zwei Tage ein neues Notizbuch kaufen. Auf der A70 trägt sie folgende fünf Sprüche ein:

Franken-Mädels = wild + willig

Mandy+Ulf

Berlin war dufte

Transvestit Claudia wartet auf Dich. Roter Peugeot.
Jeden Freitag ab 3 Uhr nachts hier am Rastplatz.
Keine Tabus.

Ich bin toll

Das Letzte hatte ich gerade geschrieben.

Hilde versah ihren Abschrieb mit Ort und Datum, packte ihr Notizbuch ein und machte sich ans Putzen. Dabei plauderten wir noch weiter über dies und das. Sie erzählte mir, dass sie den Job schon seit 22 Jahren macht und zwischendurch fast Fernsehstar geworden wäre. Sie war beim Casting für die Rolle der Mutter in »Die Flodders« und hat sie nur knapp nicht bekommen. Ich versprach ihr, sie ins Fernsehen zu bringen, ließ mir ihre Nummer geben und fuhr nach Hause.

Meine E-Mail an Pro7 stieß auf begeisterte Resonanz. In genau sechs Wochen läuft die große Reportage: »Eine Putze auf Achse – die wilde Hilde zwischen Wischlappen und Wandlettern«.

Die Rechte für Hildes Notizbücher sind übrigens nicht mehr erhältlich.

# KARL KOMMT

Karl wird heute Abend kommen. Karl. Noch nie hab ich was von diesem Karl gehört. Alle um mich herum sitzen auf ihren Händen, rutschen darauf herum, bis sie wund sind, kauen Kaugummi und Fingernägel und rauchen ihr doppeltes Tagespensum in einer Stunde, weil Karl kommt. Ich kenne keinen von ihnen, bis auf Herrn Müller. Der hat mich auch eingeladen, hierhin in seine Wohnung. »Das wird 'ne Party, die du niemals vergessen wirst«, meinte er heute Morgen, »Karl kommt auch«.

Jetzt sitze ich auf Herrn Müllers grüner Ledercouch inmitten unbekannter Aufgekratzter mit dünnen Haaren über der Halbglatze und nadelgestreift, solchen Gestalten, die man sonst nur im Starbucks antrifft, dort aber immer allein. Hier ist es auch fast so wie im Starbucks, genauso trendig-steril, nur dass man rauchen darf und es keinen Karamellmacchiato gibt. Keiner spricht ein Wort, alle warten auf Karl. Muss ein toller Kerl sein, dieser Karl. Mein Nebensitzer trägt sogar einen Pullunder, auf dem KARL steht. An der Wand über uns hängt ein Banner: Warten auf Karl. Am anderen Ende der Couch bindet sich einer zum siebten Mal die Lackschuhe neu und ich entschließe mich, ein bisschen Stimmung zu machen: »Herr Müller, können wir mal ...« – »Psssst!« stoppt er mich. »Wir reden, wenn Karl kommt.«

»Aber wir könnten doch schon mal ein Bier t...« – Der Ellenbogen meines Sitznachbarn interveniert. »Bier gibt es erst, wenn Karl kommt«, raunt er mir zu, bevor er sich über seine Hand leckt und sich damit über die Haare streicht.

Der Rest ist Schweigen. Zappeln. Rauchen. Kratzen. Dann Gummisohlenquietschen, als ich aufstehe, um auf die Toilette zu gehen.

Auf dem Klodeckel empfängt mich ein Schild: Nicht bevor Karl kommt. Herr Müller sorgt für Nachdruck, als er gegen die Tür hämmert und »Wage es nicht!« ruft. Also trage ich meine Notdurft zur Wohnung hinaus, die Treppe hinunter, um sie in irgendeinem Garten zu verrichten.

Auf der Straße treffe ich vier dem Anschein nach männliche Pubertierende mit Bill-Kaulitz-mäßigen Frisuren und ohne Oberbekleidung. Die Bezeichnung »Pommes« wäre für ihre Oberarme geradezu schmeichelhaft. Sie beschäftigen sich damit, sich gegenseitig große Buchstaben auf die Bäuche zu malen. Ich kann ein K und ein L erblicken und erschließe mir den Rest.

Nachdem ich in den nachbarlichen Tannen austreten war, gehe ich auf sie zu und frage lapidar: »Wartet ihr auf Karl?« Ich hätte nicht angenommen, dass die Gesichtsfarbe der vier noch lebloser werden könnte, aber anscheinend hat meine Frage genau das bewirkt. Alle sehen sie jetzt aus, als hätten sie sich schon von ihrer Geburt an durchweg vegan ernährt, irgendwie krank. Die Aufgabenverteilung scheint wie bei den Daltons zu sein, der Kleinste von ihnen antwortet mir zögernd: »Wir – wir sprechen seinen Namen nicht aus.« – »Welchen Namen? Karl?« Wie ein Körper zucken alle vier zusammen und verkrampfen sich. Einer von ihnen hält sich die Ohren zu und beginnt, unsinnige, laute Geräusche von sich zu geben. Der mit dem R auf dem Bauch rennt einfach davon.

So langsam frage ich mich, was es auf sich hat mit diesem Karl. Der Kleinste, das K, steht noch vor mir, sieht mich ziemlich verschüchtert an. Ich frage ihn, wer das denn eigentlich sei, dieser, na er wisse schon, dieser, nun, Karl eben. Meine Erwartung, dass bei dreimaliger Aussprache Eiter aus seinem Ohr fontänt oder sein Kopf explodiert oder etwas Derartiges bestätigt sich nicht. Er stammelt nur vor sich hin, dass ich den Namen doch bloß nicht laut aussprechen soll. Sie hätten eben gehört, dass er heute zu Herrn Müller kommen wolle und deshalb wollten sie ihn begrüßen. »Wen? Karl?«, frage ich und fange mir eine Ohrfeige ein. Zurecht, wahrscheinlich. Ich reibe mir zärtlich die Wange und gehe ohne Abschiedsgruß wieder nach oben, zu Herrn Müller.

Es hat sich fast nichts verändert in der Wohnung. Nur die Luft ist ekelhaft abgestanden. Alle starren sie mit apathischen Blick vor sich auf irgendwelche fixen Punkte. Einer hat sich die Glatze aufgekratzt. Blut rinnt seitlich an seinem Gesicht herunter. Ein feines Rinnsal. Vor ihm auf dem Boden ist schon eine kleine Lache. Er kratzt einfach weiter, rammt den Fingernagel immer wieder in die zentimetertiefe Wunde, scheint ihn nicht zu stören. Er grinst dabei dämlich. Herr Müller steht in Napoleonpose am Fenster und schaut auf die Straße. Das Transparent über der Couch hat sich oben gelöst, hängt in der Mitte durch: War Karl, heißt es jetzt.

Einer in der Ecke hat seine Zigarette grade mal zur Hälfte geraucht, steckt sich schon eine neue an ihr an.

Keiner redet, alle warten. Auf Karl. Die Stille drückt irgendwie.

Dann kracht es furchtbar. Glas zerschmettert. Der Typ im Karl-Pullunder hat eine Vase umgeschmissen. Alle sehen in strafend an. Er zeigt kein Schuldbewusstsein, greift in die Scherben und fischt eine große heraus. »Wenn Karl nicht gleich kommt …«, schreit er entrückt »… wenn Karl nicht gleich kommt, schlitze ich mir den Arm auf.« Herr Müller dreht sich wieder zur Straße, der Rest macht auch da weiter, wo er aufgehört hat. Nur ich sehe noch auf den Pullunder. Er presst sich die Scherbe auf den Arm. Es sieht ganz leicht aus, wie sie ins weiße Fleisch eindringt. Er macht drei saubere gerade Schnitte, erst unter der Armbeuge, dann in der Mitte vom Unterarm. Bei der Schlagader am Handgelenk angekommen, sprudelt es rhythmisch aus ihm heraus. Aber ganz still. Das Blut ist heller als das von dem mit der Glatze. Und mehr. Er fällt hin, ein dumpfer Schlag, mitten in die Scherben, bleibt liegen und läuft aus.

Herr Müller dreht sich um, sagt »tstststs« und geht Richtung Abstellkammer, einen Lappen holen wahrscheinlich. »Wollen wir ihm nicht helfen?«, frag ich entsetzt in den Raum. Es gibt ein Echo und Herr Müller, den Lappen in der Hand, antwortet: »Nur Karl kann ihm helfen. Karl kommt später, dann hilft er ihm. Rührt ihn nicht an! Und jetzt Ruhe! Karl ist noch nicht da. Karl kommt sicher bald.« Der Typ mit dem Glatzenkrater ist auch nicht mehr bei sich, seine Zunge hängt aus dem Mund, die Augen sind ekelhaft verdreht. Die beiden neben ihm schubsen ihn immer wieder angewidert von sich weg, hin und her. Sieht lustig aus irgendwie. Das Blut ist ein bisschen mehr geworden. Es klopft.

Alle, die noch können, springen auf. Karl? Ob er das wohl ist? Karl? Jetzt endlich? Karl? Die Erlösung? Karl? Karl? Karl? Ein Typ, den ich bisher noch gar nicht wahrgenommen habe, weil sein Anzug im Farbton der Vorhänge gehalten ist, erliegt spontan einem Herzinfarkt. Herr Müller öffnet. Es ist – der Postbote. Ein Telegramm. Gibt's das noch heutzutage, frage ich mich? Natürlich nicht laut, Karl ist ja noch nicht da.

Die Postbotenstirn wird schwitziger, als er die Leichen sieht. Er will umgehend verschwinden, stolpert am oberen Treppenabsatz über seine eigenen Füße und bleibt unten verdreht liegen. »Einer mehr oder weniger …«, seufzt Herr Müller und liest uns vieren, die übrig geblieben sind, das Telegramm vor.

Kann nicht kommen. Stopp.

Holen wir nach. Stopp.

Morgen. Stopp.

Karl. Stopp.

Herr Müller sieht uns auffordernd an. »Ja, ähm, morgen ist schlecht«, sage ich, »da muss ich, mmmmh …« – »Keine Ausreden! Du gehörst jetzt dazu«, fährt er mir rüde ins Gestammel. Dann bekommen seine Gesichtszüge plötzlich etwas Lockeres, Quarkhaftes. Seine Stimme wird milder. »Aber jetzt, jetzt trinken wir erst mal ein Bier. Und dann machen wir die Leichen weg. Okay?« Er legt mir die Hand auf die Schulter und sieht mich an wie der große Bruder, den ich nie hatte, zwinkert mir aufmunternd zu. »Na gut«, willige ich ein. Die Zustimmung der beiden Schweiger ist vorausgesetzt und Herr Müller geht Bier holen. Herrliches, kühles Export-Bier. Wir schubsen den Glatzenmann in sein Blut, lümmeln uns auf die Couch und stoßen an. Es klopft.

Herr Müller schnauft genervt aus und geht bestimmt zur Tür, denjenigen zum Teufel zu jagen, der es wagt, jetzt zu stören. Es ist Karl.

Das mit dem Telegramm sei nur ein Scherz gewesen, meint er, und unten am Treppenabsatz liege ein toter Postbote. Hier sehe es auch nicht grade gemütlich aus mit den Leichen und dem vielen Blut, außerdem sei es muffig, man solle ein Fenster öffnen, und so ein Bier hätte er auch gerne. Herr Müller geht noch ein Bier holen, ich öffne das Fenster. Karl beginnt, seinen Händedruck reihum auf dem Sofa zu verteilen, in den Augen der Beglückten spiegeln sich Hochachtung und Demut. Karl setzt sich zwischen uns, nimmt den Glatzentyp als Hocker und beginnt, Geschichten zu erzählen. Wir hängen an seinen Lippen wie Fische im Fangnetz. Es ist richtig toll, wie am Lagerfeuer, nur ohne Feuer.

Wow, Karl ist da. Endlich. Das Warten hat sich gelohnt.

## DU WARST DEUTSCHLAND

Ja wie, bei uns werden zu wenig Kinder geboren? Die sind doch so süß! Und man kann dabei zuschauen, wie sie groß werden und irgendwann sind sie groß genug, den Müll runterzubringen. Das ist doch praktisch!

Und denkt auch mal jemand an die Kindergartentanten? Die werden dann alle arbeitslos, wenn das so weitergeht.

Und wer soll auf die Konzerte von Tokio Hotel gehen? Rentner können nicht mehr so gut kreischen!

Ja wie, bei uns wird zu wenig geheiratet? Das gehört sich doch so! Durch die Ehe hat man nicht mehr zwei einzelne Leben, sondern ein gemeinsames ganzes. Also zwei halbe. Das ist zwar weniger als vorher, aber man bekommt dafür ja auch Liebe. Und Steuervorteile. Und Beistelltischchen zur Hochzeit. Und so.

Und denkt auch mal jemand an die Standesämter? Und die Brautmodengeschäfte? Was soll aus denen werden? Noch mehr Dönerbuden?

Ja wie, die Gesellschaft vergreist? Das ist doch schön! Dann wird endlich wieder mehr Bingo gespielt! Und wenn die Dönerbude im Standesamt Pleite gemacht hat, kann man da ein Seniorenstift eröffnen und die arbeitslosen Kindergartentanten und Brautmodegeschäftbetreiberinnen anstellen. Das ist doch praktisch. Über Kindergeschrei muss sich niemand mehr aufregen, weil es ja keines mehr gibt. Alle sind zufrieden und spielen Bingo und dann, ja, dann stirbt Deutschland eben aus. Irgendwann erwischt es jeden.

Und wäre das denn so schlimm? Dann müsste sich wenigstens niemand mehr schämen, für diesen Österreicher da, der dann vor mittlerweile hundert Jahren sein tausendjähriges Reich gründen wollte. Dann müsste auch niemand mehr hinter vorgehaltener Hand sagen: »Psst. Hitler hat Autobahnen gebaut.«

Die braucht dann ja auch niemand mehr. Außer, wenn das Seniorenheim einmal im Jahr einen Ausflug macht, um zur Abwechslung mal auf der Raststätte Bingo zu spielen.

Und dann, irgendwann, wird das letzte Kreuzchen gemacht sein. Das letzte Mal wird »Dreiundzwanzig. Ich wiederhole: dreiundzwanzig« durch die Bingohalle schallen, das letzte Kännchen Kaffee wird geleert werden, und zum letzten Mal werden die Senioren mit der Standardverabschiedung auseinandergehen: »Wir sehen uns wieder – so Gott will.« Gott will dann nicht mehr.

Dann wird Deutschland zu Grabe getragen. Unsere besten Freunde, Frankreich und Amerika, tragen den Sarg über den Friedhof. In der ersten Reihe stützen sich Österreich und die Schweiz gegenseitig. Italien und Mallorca weinen am meisten, weil die Campingplätze und Saufschuppen dichtmachen müssen. Russland versucht verzweifelt, eine Träne hervorzudrücken und China wartet gespannt auf die Testamentseröffnung. Vielleicht müssen sie dann ja nicht mehr alles nachbauen.

Papst Benedikt der Achtzehnte aus Indien spendet ein paar tröstende Worte und blendet große Teile der Geschichte bei seiner Rede aus. Über Tote sagt man nichts Schlechtes.

Amerika und Frankreich lassen den Sarg an Seilen in die Erdgrube hinab. Amerika rutscht das Seil aus den Händen, und der Sarg landet unsanft halbseitlich auf dem Erdboden. Der Sargdeckel verrutscht und Deutschland hängt mit dem Oberkörper heraus. Amerika grinst verschmitzt und alle lachen. Jeder hat die Gelegenheit, Deutschland noch einmal ins Gesicht zu sehen.

Es ist nicht wirklich schön. Aber über Tote sagt man ja nichts Schlechtes.

Schnell wird Erde auf den Verschiedenen geschmissen, alle versprechen, oft vorbeizuschauen, und machen sich auf den Weg zum Leichenschmaus.

Schon eine Woche später wird das Holzkreuz auf dem Grab durch einen schönen schwarzen Marmorgrabstein ersetzt. Man war sich schnell einig, wie die Inschrift lauten sollte:

»DU WARST DEUTSCHLAND.«

Und Holland kümmert sich um die Blumen.

## WEITER OBEN

GANZ UNTEN lässt der alte Mann zum wiederholten Mal die strapazierten Borsten seines Straßenbesens über dieselbe Stelle im Hof streifen. Er und sein Besen wirken wie eine Einheit, untrennbar verwachsen, fast symbiotisch. Ordentlich und gründlich muss alles sein, denkt er sich. Zu bedächtig und zu kraftlos wirken seine Bemühungen, diese Gedanken auch in die Tat umzusetzen. Das Leben hat auf dem Gesicht des alten Mannes geschrieben. Die zuletzt vierzig Jahre täglichen Hofkehrens haben es immer mehr die Konturen desselben annehmen lassen.

Der alte Mann ist müde, der alte Mann ist immer müde. Er begutachtet noch einmal die grauen Pflastersteine, stellt dann seinen Besen in die Ecke und wundersamerweise bleibt er stehen, zieht es ihn nicht zurück in seine verbrauchten Hände. Der alte Mann erklimmt mühselig die drei Stufen zum Hauseingang. Jetzt sind es nur noch ein paar Schritte zu seiner Parterre-Wohnung. Er fingert die Schlüssel aus seiner braunen Altmännerhose, öffnet die Wohnungstür, tritt ein und muss von innen zweimal mit der Schulter gegen die Tür drücken, um sie wieder schließen zu können.

Auf dem Blechchild an der Tür steht eingerostet *Hausmeister,* auf dem Klingelschild *Erwin und Johanna Köhle.* Johanna ist vor acht Jahren gestorben.

WEITER OBEN gibt es Abendessen. Aber nicht für Simon. Simon war böse. Er hat seiner Mama fünf Euro aus dem Geldbeutel geklaut, behauptet sie, um sich die neuen Yugioh-Karten zu kaufen. Dafür musste er um halb fünf ins Bett gehen. Jetzt liegt Simon im Bett und weint, weil er Hunger hat. Er weint, weil er noch nicht schlafen will. Er weint aber nicht wegen der fünf Euro. Es waren nämlich zehn, und die fünf, die er übrig hatte, nachdem er sich seine Karten gekauft hat, hat er der Mama wieder in den Geldbeutel stecken wollen. Dabei hat sie ihn erwischt.

Zwischen seinen Schluchzern ruft er unbewusst »Maaamaaaa«. Doch seine Mama sitzt am Tisch, isst genüsslich einen Hähnchenschenkel, nimmt einen Schluck Bier und beteuert vor ihrem Mann, Simons Papa, dass Simon ihr einmal dankbar für die Bestrafung sein wird.

WEITER OBEN windet sich Herbert auf dem Bett seiner Meisterin. Er ist mit Handschellen ans Bettgitter gefesselt, entblößt bis auf seine Hornbrille, und fleht »mehr, mehr«, während seine Meisterin, bekleidet nur mit Leder-Dessous und einer Maske, die an den Karneval in Venedig erinnert, mit einer schmutzigen Fliegenklatsche ein ums andere Mal auf Herberts bestes Stück schlägt.

Herbert befindet sich aufgrund der Schmerzen und der Demütigung ganz und gar im sexuellen Delirium, seine Meisterin denkt indessen an die 100 Euro Gage für ihre vollbrachte Dienstleistung und daran, dass sie noch Salami und Eier kaufen muss.

WEITER OBEN gießt Bettina ihre Grünpflanzen auf dem Balkon. Der Mond steht heute besonders günstig zum Blumengießen. Noch günstiger sogar fürs Haareschneiden. Deshalb war Bettina heute Morgen beim Friseur. Nach getaner Arbeit geht sie wieder hinein in ihre beschauliche Zweizimmerwohnung, erfüllt vom Duft edler Räucherstäbchen, Vanille, und wie immer muss sie lächeln, als sie an ihrem selbst eingerahmten, lebensbejahenden Schildchen neben der Küchentür vorbeigeht. »Lächle! Der Tag ist Dein Freund!« ist darauf zu lesen.

In der Küche angekommen, atmet Bettina tief ein – und aus, lässt das Leben durch sich fließen, wie sie es nennt, und mixt sich einen Aloe-Vera-Drink. Auf dem Weg zurück ins Wohnzimmer stößt sie mit dem linken Knie an das ungünstig platzierte Tischchen schräg vor dem Fernseher. Das Aloe Vera verabschiedet sich von seinem Glas und sucht die Einigkeit mit dem Perserteppich auf dem Boden. »Scheiß Feng-Shui!«, entfährt es Bettina.

WEITER OBEN versucht Max zum wiederholten Mal, seine Hand in Richtung der sekundären Geschlechtsmerkmale seiner neuen Freundin Sonja zu schieben. Er stellt sich dabei nicht sonderlich geschickt an. Doch Sonja bemerkt nichts, da sie sich momentan zusammen mit Julia Roberts in der Badewanne in *Pretty Woman* räkelt. Auf VHS, versteht sich, mit Werbeunterbrechungen. In den Pausen wird geknutscht oder ein Wettstreit veranstaltet, wer der beiden öfter »Ich liebe dich« sagen kann.

Seit gestern sind die beiden ein Paar, seit Max Sonja gefragt hat, ob sie mit ihm gehen will. Sie war hin und weg und fiel ihm mit Tränen in den Augen um den Hals, jetzt hat sie endlich ihren Traumprinzen gefunden, sie musste sofort all ihre Freundinnen verständigen. In Rekordzeit, noch schneller als Susi vorgestern.

Max hingegen hofft, dass er heute Abend nun endlich zum Mann wird. Alle anderen in der Klasse haben schon mal. Und immerhin wird Max bald 14. Er will ja schließlich nicht schwul werden.

GANZ OBEN steht Superman. Seit er sich auf seinem LSD-Trip befindet, *ist* er Superman. Er, Jürgen Becker, 19 Jahre, Schreinerlehrling. Er wollte es einfach mal ausprobieren. Ihm wurde gesagt, er solle es auf keinen Fall ohne einen Tripmaster nehmen, aber Jürgen war nie gut in Englisch.

Jetzt will Superman fliegen. Er nimmt Anlauf und hechtet sich mit ausgestreckter Faust über die kleine Steinmauer, die das Flachdach des sechsstöckigen Mietshauses quadratisch umrundet. Superman fliegt.

WEITER UNTEN sitzt Max mit roten Fingerabdrücken auf seiner Backe zusammen mit Pretty Woman auf dem Sofa. Sonja wollte dann doch noch nicht mit 13 Jahren entjungfert werden.

WEITER UNTEN wirft Bettina genüsslich Schnipsel für Schnipsel ihres Mondkalenders über die Balkonbrüstung. Sie macht sich keine Gedanken darüber, ob dafür heute ein günstiger Tag ist. Sie hat dem Tag die Freundschaft gekündigt.

WEITER UNTEN bedankt sich Herbert bei seiner Meisterin, während er im Spiegel seine Krawatte zurechtrückt. Er gibt zehn Prozent Trinkgeld, verabredet einen neuen Termin und macht sich auf den Heimweg zu seiner Frau und seinen Kindern.

WEITER UNTEN muss Simons Papa in Deckung gehen, denn jeder einzelne Teller verfehlt seinen Kopf nur knapp. Er wollte seiner Frau, Simons Mama, die Vorzüge der antiautoritären Erziehung erklären. Sie hat geklärt, wer die Hosen anhat, und Simon weint immer noch.

WEITER UNTEN schließt der alte Mann seine Augen, in der Hoffnung, sie nie mehr öffnen zu müssen. »Es ist genug«, denkt der alte Mann. Und das Meer hat er nie gesehen.

GANZ UNTEN beendet Superman seine Flugreise, die, entgegen seiner Vorstellung, ausschließlich vertikal verlief und nicht sonderlich lange andauerte, mit einem kurzen *Platsch* auf dem sorgfältig gefegten Hof.

WEITER OBEN bekommt das niemand mit.

## DAS LEISE WIMMERN DES KÜCHENTISCHS

»Mann, Mann, Mann, was siehst du heute wieder scheiße aus, Alter!«, sagt mein Spiegel zu mir, als ich recht übermüdet und mit der Zahnbürste im Mund vor ihn trete.

Mein Spiegel ist eigentlich kein Zauberspiegel. Für gewöhnlich ist er eher still und reflektiert, das ist ja auch seine Aufgabe. Aber von Zeit zu Zeit meldet er sich zu Wort. Komischerweise immer nach Nächten, an deren Verlauf ich mich nur fragmenthaft erinnern kann. Solche Situationen muss man ausnutzen ...

»Kannst du mir dann vielleicht sagen, wann ich nach Hause gekommen bin?«, frage ich ihn durch die Zahncreme.

»Da solltest du vielleicht lieber mal den Kühlschrank fragen«, antwortet er recht schroff. »Du weißt schon, der hinter den sieben Klamottenbergen, mit den sieben Fruchtzwergen drin. Der ist auch viel, viel cooler als du.«

»Hahaha! Der Kühlschrank, viel cooler!«, wiederholt das Klo hinter mir und klappert mit seinem Deckel Applaus.

»Chapeau!«, kommentiert die Waschmaschine.

Na supi, jetzt werde ich schon von meinem Badezimmer verarscht, und meine Waschmaschine kann Französisch, obwohl sie von BOSCH ist. Wie krank ist das denn?

In meinem Mund wird es unruhig, denn die Zahnbürste mischt sich ein, um diese Frage zu klären: »C'est l'amitié franco-allemande. Isch bin in Toulouse produit. Und wo wir schon mal mit einander reden, du musst misch nischt immer auf deine Zähne, wie sagt man, pressen wie verrückt! Isch 'abe weische Borsten! Das tüt mir weh!«

Etwas perplex betrachte ich die Zahnbürste und mich im Spiegel, der sich natürlich gleich mit einbringt: »Schau nicht so blöd! Die Zahnbürste hat nun mal ein zartes Gemüt. Du solltest jetzt lieber mal nach dem Kühlschrank sehen.« Meint er eindringlich und ich folge seinem Befehl.

Als ich das Badezimmer verlasse, spült das Klo zum Abschied einmal kräftig durch. Du kannst mich mal, denke ich und stelle dann befriedigt fest, dass ein Klo ja eigentlich genau dazu da ist, in etwa. Ich möchte mal kein Klo sein.

Ich steige über ein paar Klamottenhaufen, es sind tatsächlich sieben, und höre den Kühlschrank schon durch die Küchentür hindurch vor sich hinstöhnen: »Mir ist heiß! Mir ist heiiiiß!«

Als ich die Küche betrete, fängt auch der Ofen an zu jammern: »Mir ist kalt! Mir ist kaaaalt!«

Beide sind weit geöffnet, vor dem Kühlschrank hat sich auf dem Boden ein kleiner Teich schmutzigen Schmelzwassers gebildet. Die Temperatur im Raum ist tatsächlich etwas niedrig, ich pflichte also eher dem Ofen bei. Außerdem ist es recht muffig. »Mach mich zuuu!«, schreien beide im Chor. »Mach mich auf!«, brüllt das Fenster.

»Alles der Reihe nach, Leute«, vertröste ich die versammelte Gerätschaft. Meine Schritte auf dem verklebten

Laminat funktionieren nur in Zeitlupe und begleitet von Geräuschen wie beim Abziehen eines Pflasters von unbehaarter Haut. Chhhhhhhhip, chhhhhip. »Erst mal Kaffee machen. Dann sehen wir weiter.«

»Das sehe ich aber anders«, bremst mich der Toaster. »Du weißt wohl nicht mehr, was du hier heute Nacht veranstaltet hast ... mit der Kaffeekanne.« Scheiß rechthaberischer Toaster! Ich weiß echt nix mehr. Vielleicht ist das auch besser so. Aber möglicherweise war es ja gar nicht so schlimm. »Wo, wo ist sie denn, die Kaffeekanne?«, frage ich so scheinunschuldig wie möglich. Kommentar des Toasters: »Die Frage ist wohl eher, was da jetzt drin ist, in der Kaffeekanne. Ach ja, und sie ist im Ofen.« »Tief in meinem Innern«, stimmt der Ofen theatralisch zu. Hätte Schauspieler werden sollen. Scheiß Ofendiva!

In der Zwischenzeit habe ich den Kühlschrank wieder dicht gemacht. Er hat sich nicht mal bedankt. Nach dem Fensterschließen greife ich zur Kaffeekanne im Ofen. Ihr Inhalt sieht zu meiner Erleichterung nicht nach dem aus, was ich befürchtet hatte, riecht aber ein bisschen so. Vorsichtshalber schütte ich die klumpige braungrünliche Flüssigkeit in den Ausguss und werfe, sicher ist sicher, die Kaffeekanne in den Müll, womit ich mir gleich zwei neue Feinde im Ökosystem Küche mache. Die Kaffeemaschine beklagt sich über Kindsmord und der gelbe Sack klärt mich auf, dass es in diesem Bundesland Mülltrennung gebe. Er protestiert noch ein bisschen weiter. Als ich ihn wieder der subspülbeckenigen Dunkelheit überlasse, resigniert er schließlich vor meiner Ignoranz. Auch die Kaffeemaschine leistet erste Trauerarbeit und ist still. Alles ist still.

Erst jetzt, da es mal für einen Moment keine Beschwerden seitens der Einrichtung gibt, bemerke ich das leise

Wimmern des Küchentischs: »Ich fühle mich so schmutzig. So schmutzig!«

Sein Gefühl kann ich aus der Außenperspektive nur bestätigen. Die Tischplatte ist übersät mit Flecken der unterschiedlichsten Art, Größe und Couleur. Ein visueller Schmelztiegel des Fressrauschüberschusses. Könnte auch Picassos Interpretation des ozeanischen Kontinents sein. Am Rand scheint eine soßengleiche Substanz so lange heruntergetropft zu sein, bis sie schließlich der eigenen Trägheit zum Opfer gefallen und dabei eingetrocknet ist. Tatsächlich, es haben sich Siffstalaktiten gebildet.

Was hab ich mir nur dabei gedacht? Und was ist das überhaupt alles? Auf eine Geschmacksprobe möchte ich es nicht ankommen lassen und mache einen Wischlappen feucht, der offensichtlich etwas dagegen hat: »Ja, typisch, ich werde ja immer nur gebraucht, wenn es drum geht, deinen Dreck wegzumachen. Egozentrischer Mistkerl!«

Ich bin etwas überrascht darüber, dass meine Alltagsutensilien, vom Aufwischlappen bis zur Zahnbürste, neuerdings so gefühlsbetont sind und sich so unglaublich … weibisch verhalten. Plötzlich wird über alles geredet und an allem und jedem rumgenörgelt und vor allem an mir. Sind wir hier in der Selbsthilfegruppe für misshandelte Haushaltswaren oder in meiner schnuckeligen Wohnung, in der normalerweise niemand das Sagen hat außer mir und gelegentlich dem Fernseher? Und wenn wir schon mal so offen reden, was verdammt noch mal hab ich letzte Nacht gemacht und warum?

In solchen Situationen kann mir meistens Ferdy weiterhelfen, mein halbimaginärer Freund, der auf jeder Party dabei ist, aber immer nur in der Ecke sitzt und zuschaut. Eigentlich geht er nur mit, um am nächsten Tag angerufen und nach Details der Nacht gefragt zu werden. Seine Nummer kann ich auswendig …

»Ferdy, sag mal, hab ich heute Nacht irgendwas komisches geraucht? Oder wieder Absinth oder so? Weil, meine Wohnung sieht aus, als wäre ein Elefant durchgelaufen und meine Einrichtungsgegenstände sprechen mit mir. Meine Zahnbürste kann sogar Französisch und der Lappen jammert und das Klo ist ein echtes Arschloch. Weißt du da vielleicht was drüber? … Ferdy? … Ferdy???«

»Ferdy kann dich nicht hööören!«, kichert mein Telefon und legt auf.

## EROTISCHE ERLEBNISSE IN ÖFFENTLICHEN VERKEHRSMITTELN
Folge 14

Ich war auf dem Weg, der nicht mein Ziel war, sondern Bonn. Ich bestieg die Linie 18 am Kölner Neumarkt zusammen mit einem 1-Euro-Brötchen samt vertrocknetem Salatblatt, zweiundzwanzig Zwischenstopps und knapp einer Stunde Stadtbahnfahrt vor mir.

Zu Beginn lief alles recht normal, ich fand gleich einen Sitzplatz in dem überfüllten Wagen. Doch schon zwei Minuten später kam neben dem schon gewohnten Kick des Schwarzfahrens noch ein weiterer hinzu, der in Form eines schwarzhaarigen Mädchens an der Haltestelle Poststraße zustieg. Sie und die vier anderen Neupassagiere, die durch diese Tür nahe meines Platzes die Bahn betraten, hatten die Wahl: Entweder stehen oder sich neben mich setzen. Sonst war nichts mehr frei. Ich schaute demonstrativ desinteressiert aus dem Fenster und wartete darauf, dass sich jemand neben mich setzen würde, ohne zu fragen, ob er es dürfe, oder sie, und ich hoffte, dass gerade sie es sein würde.

Es war relativ dumm, aus dem Fenster zu sehen, denn alles, was ich sah, waren ein paar orangerote Fliesen und der überdimensionale Schriftzug POSTSTRASSE genau vor mir. Wenn mich jemand darauf ansprechen würde, legte ich mir zurecht, würde ich sagen, dass ich in der Fliesen- und Plattenbranche tätig sei und einen Blick auf die Fugen hätte werfen wollen, wegen der Abstände. Niemand sprach mich an oder fragte, doch es setzte sich jemand neben mich.

Ich spürte den Oberschenkel der Person beim Hinsetzen an meinem entlanggleiten und war dankbar, ein feminin anmutendes, abgehacktes »'tschuldigung« zu vernehmen. Sie war es!

Ich sah ihr kurz ins Gesicht, als ich, wie es sich gehört, »Passt schon« sagte oder »Kein Problem« oder sonst etwas Nichtiges aus der großen Truhe der anonymen Konversation.

Ich begann, das geheimnisvolle Wesen neben mir aus den Augenwinkeln zu beobachten.

Die Haare fielen glatt und schwarz gerade vor ihr Gesicht, fast bis auf die überhandvolle Brust, und nur ihre Nasenspitze war für mich sichtbar. Nicht zu spitz, nicht zu bollig, eine schöne Nasenspitze. Sie strich ein paar Strähnen hinter ihr linkes Ohr, als wolle sie mir ihre ganze Hübsche preisgeben, und begann, in ihrer mittelgroßen Leinenhandtasche zu wühlen.

Ich erwartete einen Grisham-Roman oder »Das Parfum« oder eine Frauenzeitschrift mit einer Titelstory wie »Schlank in 30 Tagen« oder »Der kleine Prinz – Babyglück im Hause Windsor«. Was zum Vorschein kam, war aber ein Schreibblock.

Sie legte ihren linken Fuß auf das rechte Knie, was mich in eine angenehme Enge drängte, bettete den Block darauf und begann zu schreiben. Ich war fasziniert. Wer schreibt schon heutzutage in öffentlichen Verkehrsmitteln? Noch dazu mit der Hand? Das kenne ich sonst nur von mir und allein deshalb ist es toll. Ich fühlte sofort eine Seelenverwandtschaft zwischen der unbekannten Schönen und mir aufkeimen.

Ich wollte mehr über sie erfahren, traute mich aber noch nicht, sie anzusprechen. Also versuchte ich, einen Blick auf ihren Block zu erhaschen.

Sie hatte eine verschnörkelte Schrift, die man sonst vielleicht nur auf der Speisekarte von gehobenen Restaurants in der Provinz, so genannten Landgasthäusern, vorfindet, die »Zur alten Linde« heißen oder »Zum Ochsen«, auf jeden Fall »Zum« oder »Zur« irgendwas. Eine Schrift, die mir zeigte, wie gefühlvoll sie sein musste und wie verspielt.

Sie unterbrach ihr Schreiben und sah bedeutungsvoll nach schräg oben, wobei sie die Augen halb zusammenkniff. Sie dachte nach. Ich bildete mir ein, genau zu wissen, worüber.

Sie dachte darüber nach, wie man eigentlich sympathisch schreibt oder interessant oder brillant, so wie Billard oder doch eher wie Milliarde? So wie ich es auch immer tue, wenn ich beim Schreiben bedeutungsvoll vor mich hinsehe. Ein weiterer Pluspunkt.

Wir fuhren schon vier Haltestellen lang und ich begann, die Fremde auch außerhalb der Graphologie zu erkunden, betrachtete sie eingehend und war mehr und mehr von ihr fasziniert. Ihre Hände und Unterarme sahen so zart aus, als wären sie mit dem edelsten Vorhangstoff bezogen: glänzendem, weich fallendem Polyacrylsatin.

Ihr Mund verbarg das bezauberndste Lächeln der ganzen Stadtbahn. Und sie duftete, nach Abenteuer und Leidenschaft. Ich bemühte mich nicht mehr, mein Interesse an ihr zu verstecken, und musterte sie mit direktem Blick, von dem sie allerdings keine Notiz zu nehmen schien. Ich wünschte in diesem Moment, wir würden ewig fahren, und hoffte aufrichtig, dass auch ihr Ziel das letztmögliche sein würde, Bonn. Ich wollte sie so lange wie möglich betrachten, mir dabei ausmalen, wie es wäre, ihr noch näher zu kommen, sie zu berühren, gar mit ihr zu reden, zu lachen und sie dann nach Möglichkeit auf der Stelle zu heiraten.

Diesen Entschluss fasste ich, als wir nach zwanzig Minuten nach Brühl einfuhren und meine Angst, sie an der nächsten Haltestelle zu verlieren, umgekehrt exponentiell zur noch verbleibenden Fahrtzeit anstieg. Ich hatte noch eine halbe Stunde, sie für mich zu gewinnen. Sie, die Schreibende, die noch nicht ein Mal den Kopf in meine Richtung gewandt hatte und der ich mein Herz und gegebenenfalls alle sonstigen Innereien zu Füßen legen wollte. Würde die Stadtbahn doch ewig fahren, dachte ich mir, nicht in Bonn halten, sondern ein paar Stunden oder Tage später, vor einer kleinen weißen Kapelle in Las Vegas …

Wir würden eine Wartenummer ziehen und dann überstürzt den Bund fürs Leben schließen. Sie in einem billigen blauen Kleid und wir beide noch müde von der Reise.

Unsere Flitterwochen würden wir auf der Route 66 verbringen, falls die in der Nähe liegt, ansonsten auf einem anderen gottverdammten Highway in unserem Pick-Up. Es würde uns egal sein, wo wir sind, denn in unserem verliebten Leichtsinn bräuchten wir nichts als uns allein. Zurück in Europa würden wir rausziehen aufs Land, ein kleines Häuschen im Grünen kaufen, vielleicht auch einen alten Bauernhof, in Frankreich oder in Ostwestfalen. Wir würden uns ein paar Tiere zulegen, natürlich aus dem Tierheim, zutrauliche Kätzchen und ein paar Bernhardinerwelpen, vielleicht noch eine Kuh und ein paar Hühner fürs Frühstück. Wir würden drei Kinder zeugen. Zuerst die Zwillinge, Justus und Jonas, und dann nach zwei Jahren das Nesthäkchen, Nathalie. Sie kommen natürlich alle auf Privatschulen, im besten Fall auf ein strenges Internat nach Bayern.

Der Haken an der ganzen Sache war nur, dass sie recht gut verdienen musste, um sich das alles leisten und auch noch mich unterhalten zu können. Aber das wird sie schon hinkriegen, auch wenn sie nicht weiß, wie man interessant schreibt.

Inzwischen waren wir in Bornheim eingefahren. Eine Viertelstunde blieb mir also noch, um meine zukünftige Braut mit mir bekannt zu machen, maximal. Ich wollte nicht sofort mit der Tür in den Keller fallen, es vielleicht zunächst etwas vorsichtiger angehen lassen. Allerdings erschien mir ein plumpes »Na, wie geht's?« oder »Was schreibst du denn da?« nicht angemessen. Ich wollte schon ein paar Stufen höher einsteigen, den Kennenlernquatsch kann man auch hinterher abwickeln. Ich nahm mir also vor, von vorneherein aufs Ganze zu gehen.

Die Haltestelle Alfter, 9 Minuten vor der Ankunft in Bonn, unterbrach für kurze Zeit die Fahrt, ich wischte mir den Angstschweiß aus dem Nacken und beugte mich zu ihr hinüber.

Meine Zunge war schon auf halbem Weg in ihrer Ohrmuschel verschwunden, als sie abrupt den Kopf drehte und mich fragend ansah. Ihre Augen waren wunderschön, rehkitzbraun. So wie sie mich betrachtete, war ich davon überzeugt, dass sie für mich dieselben tiefen Gefühle hegte wie andersherum. Sie wollte mich!

Voll von Selbstüberschätzung änderte ich die Taktik

also nur ein wenig und fragte sie im mir möglichsten erotischen Ton: »Wollen wir kuscheln?«

Wenn ich mir es so im Nachhinein überlege, vielleicht hätte ich nicht fragen sollen. Aber ich würde es wieder tun. Die Chancen, auf noch eine Frau zu treffen, die mit einem gezielten Griff in ihre überdimensionale Handtasche sofort das Sprühfläschchen mit dem Tränengas in der Hand hat und es noch dazu ohne Bedenken anwendet, als würde sie es jeden Tag tun, sind doch recht gering.

Zum Schluss stiegen wir doch noch an derselben Haltestelle aus. Wenigstens in dem Punkt waren wir uns einig.

## ES IST ETWAS PASSIERT

Im InterCityExpress 783 von Hamburg-Altona nach Wien-Westbahnhof, Abfahrt 7 Uhr 51, Ankunft 17 Uhr 34, Gleis 7, dreht der Zugbegleiter seine Runde. Genau genommen dreht er nicht seine Runde, sondern er läuft seine Linie. »Züge sind ja nur selten rund«, sagt Frau Pinsel vom Bordpersonal, als sie ihn auf diesen Fehler aufmerksam macht. Dem Zugbegleiter ist das egal, ihre Bemerkung stört seine Runde.

Er weicht einer Gruppe Reisender aus, die sich schon 20 Minuten vor Bahnhofseinfahrt samt Gepäck vor den Türen in einem Waggonzwischenraum platziert hat, um schließlich ins einzige Raucherabteil des ICE einzutreten.

Er setzt sein Professionell-freundlich-aber-nicht-allzu-freundlich-Gesicht auf und fragt mit abteildeckender Stimme »Noch jemand zugestiegen?«

Die Kettenraucher im Abteil ziehen gelangweilt an ihren Zigaretten und blicken weiter starr aus dem Fenster. Draußen liegt Schnee. Ganz hinten macht einer *UKHRRRÄ*.

Der Zugbegleiter behält die dezent nach oben gezogenen Mundwinkel bei, als er, jeden Fahrgast kurz augenscannend, seinen Weg fortsetzt. Kurz sieht er an die Decke, wo der Rauch von zwanzig Zigaretten erst umeinandertanzt und dann verschmilzt. Dann wandert sein Blick wieder nach unten. Ein Kinderwagen versperrt ihm den Weg. Das Kind sieht mit großen Augen auf den tanzenden Rauch. Hinter ihm wird es plötzlich laut.

Frau Pinsel vom Bordservice kommt hereingerannt und fällt einem Fahrgast in den Schoß, da der Zug gerade eine Weiche passiert. Ohne ein Wort der Entschuldigung erhebt sie sich wieder und streicht sich über ihr Kostüm. Ihr Gesicht trägt den Teint eines Rügener Kreidefelsens, die Haare hängen – algengleich – nassgeschwitzt hinein. Sie sieht den Zugbegleiter, um Fassung bemüht, an, nimmt kurz die Hand vor den Mund und entfernt sie wieder, um selbigen zu öffnen. Ihre Stimme ist dünner als sonst: »Es ist etwas passiert.« Daraufhin fällt Frau Pinsel in Ohnmacht.

Um 11 Uhr 33 hält der ICE 783 mit nur fünfminütiger Verspätung in Würzburg. Baby und Mutter husten einstimmig, als sie aus dem Zug steigen beziehungsweise gehoben werden. Sie passieren die schmutzig gelben Natursteine im unterirdischen Bahnhofsgang, der von den Gleisen zum Ausgang führt, und machen in der Vorhalle Halt. Eine neue Schachtel Zigaretten, ein Schinken-Käse-Croissant und Alete Karotte. Beim Bezahlen fragt die Mutter: »Wussten Sie schon? Es ist etwas passiert!«

Um 12 Uhr 20 sieht man niemanden unter dem wolkengrauen Himmel Würzburgs ohne Handy am Ohr. Flüsternd, schreiend, bibbernd, zitternd sprechen alle ein und dasselbe in die Taschentelefone: »Es ist etwas passiert.«

Im Lauf der folgenden zwei Stunden kommt es deutschlandweit zu etlichen Coitus Interrupti, da Mann und Frau,

Mann und Mann, Frau und Frau, Mutter und Sohn, Bauer und Ziege allesamt von einem intervenierenden Telefongebimmel gebremst werden. Alle Nachrichten am anderen Ende lauten gleich: »Es ist etwas passiert!«

Gegen 14 Uhr werden Scharen von Medienpraktikanten mit Minidiscrecordern, Mikrofonen und Kameras in halbleere Fußgängerzonen gehetzt. Sie sollen ihre Linie laufen und Reaktionen einfangen, möglichst hitzige, aufbrausende. Am besten dumme Leute fragen, lautet die Vorgabe, oder solche, die ohnehin schon einen roten Kopf haben.

»Es ist etwas passiert. Was halten Sie davon?« Die O-Ton-Jagd beginnt.

Um 18 Uhr 30 sitzt Peter Klöppel in seiner Kölner Nachrichtengarderobe und übt in deren Spiegel einen neuen schiefen Gesichtsausdruck, der noch mehr Anteilnahme als der des 11. Septembers in sich tragen soll. Vor ihm steht auf einem gelben Zettel die Anfangsmoderation geschrieben, die nur aus vier Worten besteht.

Um Punkt 20 Uhr kommt es bei der *tagesschau* in Hamburg zum Eklat. In der 54-jährigen Geschichte der Nachrichtensendung hatte noch nie ein Sprecher die obligatorische Begrüßung der Zuschauer vergessen. Jens Riewa wird gefeuert, nachdem er als ersten Satz nicht »Guten Abend, meine Damen und Herren« sagt, sondern »Es ist etwas passiert!«

In der Nacht laufen die Druckerpressen aller Tageszeitungen auf höchster Frequenz. Sonderbeilagen, Extrablätter, rote Schrift.

Am Morgen titeln *SZ, BZ, TZ, FAZ, TAZ, WAZ, MoPo, Merkur, Kurier, Rundschau* und *BILD* mit »Es ist etwas passiert!« In der *BILD* lautet der Untertitel: »Und wir werden alle daran sterben.«

Auf den britischen Inseln spiegeln die Titel von *Mirror, Sun, Standard, Times, Guardian* und *Independent* die der US-amerikanischen *Heralds, Posts* und *Daily News*:

»Something Happened«.

Um 16 Uhr mitteleuropäischer Zeit treten in Washington George W. Bush und Queen Elizabeth II., gerade auf Staatsbesuch, im Weißen Haus vor die versammelte Weltpresse. Ernste Miene, getragener Gang. George W. erhebt als Erster das Wort:

»First of all: God bless America!«

Elisabeth kann das nicht unkommentiert stehen lassen:

»No, God save the Queen.«

»God bless AMERICA.«

»God save THE QUEEN.«

»AMERICA!«

»QUEEN!«

Condoleeza Rice greift in der Zimmerecke zum Mobiltelefon und ruft den Einzigen herbei, der in der Lage ist, die Auseinandersetzung diplomatisch zu beenden. Joschka Fischer trifft eine halbe Stunde später in der eigens ausgesandten Air Force One ein und schreitet zur Tat. Nach einer Weile englischen Genuschels scheinen beide Parteien zufrieden, und erneut tritt der Präsident an die Mikrofone: »God bless America, God save the Queen and God sent us Joschka Fischer. By the way: What I wanted to say before: Something happened! And now, I'll take her to lunch.«

Die Queen rückt ihre Handtasche zurecht und lässt sich ins Oval Office geleiten.

Zeitgleich tritt Benedikt der Sechzehnte, formerly known as Ratze, auf dem berühmten Balkon über dem von Menschen gesäumten Petersplatz. Der Tonmann dreht das Mikrofon auf höchste Leistung, und die zarte päpstliche Fistelstimme verkündet, selbstverständlich auf Latein: »Habemus Problemam!«

Es ist etwas passiert.

Die Welt verhängt den Ausnahmezustand. In Großstädten kommt es zu Krawallen und Plünderungen, in Kleinstädten und Dörfern sieht man vermehrt fern.

Es ist etwas passiert.

Vorsorglich begehen so genannte Glaubensgemeinschaften mit Namen wie »Die Jünger des Jüngsten Gerichts« oder »Des Jüngsten Gerichtes Jünger« Massenselbstmord.

Es ist etwas passiert.

Abgehalfterte Pop- und Rockstars nutzen die Gelegenheit, Charity-Konzerte zu geben und selbst auch mal wieder etwas Flutlicht außerhalb des Solariums abzubekommen.

Es ist etwas passiert.

Die Prominenz der Welt zeigt sich erschüttert und erzählt unter Tränen, wo sie erfahren hat, dass etwas passiert ist und wer es ihnen gesagt hat. Zumeist im Flugzeug, zumeist die Mutter.

Es ist etwas passiert.

Eigens werden neue Polit-Talkshows ins Leben gerufen, in der die einen Parteien die Schuld auf die anderen schieben und die anderen sagen, sie hätten es schon immer gewusst, es musste irgendwann passieren, um dann auch die Schuld auf die anderen zu schieben. Dazwischen sitzt Helmut Schmidt und raucht Menthol, und Helmut Kohl sagt, er wisse von absolut gar nichts. Michel Friedman schreit noch mehr als sonst und Hellmut Karasek macht ein dummes Gesicht dazu. Am Ende prügeln sich Westerwelle und Wowereit, aber das hat nichts mit dem Thema zu tun.

Ja, es ist etwas passiert. Aber was denn eigentlich?

Am Wiener Westbahnhof gestikulierten um 17 Uhr 45 aufgebrachte Österreicher in der Erwartung einer innigen Wiedersehensumarmung an Gleis 7, als die Durchsage ertönte:

»Meine Damen und Herren an Gleis 7, der InterCityExpress 783 von Hamburg-Altona nach Wien-Westbahnhof, Abfahrt 7 Uhr 51, planmäßige Ankunft 17 Uhr 34, kommt mit voraussichtlich zweistündiger Verspätung an. Es scheint etwas passiert zu sein. Wie uns der Zugbegleiter mitteilte, fiel Frau Pinsel vom Bordpersonal in Ohnmacht. Sie hatte zuvor als Erste erfahren, dass etwas passiert ist. Frau Pinsel ist mittlerweile wieder wohlauf und hat zugegeben, etwas übertrieben zu haben. Sie hatte ihre Handtasche zu Hause vergessen.«

## HIMMEL: HIER

Neulich bin ich überraschend verstorben. War gar nicht so schlimm. Gut, wenn ich es mir hätte aussuchen können, ich hätte sicherlich eine andere Todesart gewählt. Eine, über die sich nicht jeder das Maul zerreißt, eine, bei der die Boulevardpresse es nicht für nötig hält, sie als Aufmacher zu bringen. Eine, die es nicht möglich macht, den familiären Nachruf mit »Ich lach mich tot« zu betiteln. Denn leider war es genau das. Ich habe mich totgelacht. Was nicht sonderlich ehrenrührig gewesen wäre, wenn es mir bei der Lektüre einer geistreich-subtil-humoristischen Kurzgeschichte, etwa von Woody Allen oder Marc-Oliver Schuster, passiert wäre.

Doch leider geschah es beim Quatsch Comedy Club, und es hatte nicht mal mit einem Gag oder so zu tun. Ich fand lediglich, dass Thomas Hermanns' Zähne diesmal noch größer, polierter, vielzähliger und bedrohlicher aussahen als üblich. Da kam er dann: der Lachflash – der bis zum ersten Werbebreak andauerte, als die Kekswerbung mit den 52 Zähnen lief. Haha, lustig. Da war's dann auch schon vorbei mit dem Lachen – und mit mir. Peinlich, peinlich.

Mein größter Fehler war aber wohl, dass ich während meines lustigen Todeskampfs einen Videolog für YouTube aufnehmen wollte – und es auch getan habe. Mittlerweile kursiert der Clip unter »Dumb German's Teeth cause Dumb German's Death«. Am Ende sieht man ein dreiminütiges Standbild – könnte man meinen. Ein Gutes hat die Sache: Ich bin endlich berühmt. Wenn auch auf anderem Weg, als ich mir das immer ausgemalt hatte. Außerdem hatte ich ja nicht mehr allzu viel davon.

Na ja, weiter mit dem Erlebten, sorry, Nacherlebten: Als ich richtig tot war, war ich zunächst irritiert. Die Geschichte mit dem Tunnel und dem Licht am Ende hatte ich nie geglaubt – genauso wenig, wie ich geglaubt habe, dass Ernie und Bert einfach nur Kumpel sind. Aber es stimmt – das mit dem Tunnel zumindest.

Ich flog da so, wie im Inneren einer Energiesparleuchtstoffröhre, die an einem Ende kaputt ist, verwundert dem Licht entgegen und testete die neue Körperlosigkeit aus. All die anderen, die auch soeben verstorben waren, schwebten genauso verdutzt neben, über und unter mir her.

Es war so, wie wenn man sich zum ersten Mal in Second Life einloggt und alle verloren auf dieser Empfangsinsel herumstehen, die anderen fragen, was sie jetzt machen oder wo sie hingehen sollen, und keiner weiß Bescheid. Nur die Grafik war besser.

Das Licht am Ende des Tunnels war zwar permanent sichtbar, doch zu hell, als dass man irgendwas in ihm hätte erkennen können, egal wie lange man hinsah. Zeit zum Hinsehen hatten wir genug, denn das Dahintreiben ging nicht grade schnell vor sich. Nach gefühlten zwei Fußballspielen fingen die Ersten an, platte Witze zu machen: Wie die öffentlichen Verkehrsmittel, dieser Todestunnel.

Die Schnelligkeit eines Rudolf Scharping. Und so weiter.

Nach einer Ewigkeit, wobei diese im Vergleich zur nun bevorstehenden Ewigkeit wohl doch recht gering ausgefallen sein dürfte, jedenfalls nach einer Ewigkeit, erreichten wir dann das Ziel: die Himmelspforte, die sperrangelweit offen und neben der in Schildern mit aller Menschen Sprachen der Hinweis »Himmel: hier« stand.

Begrüßt wurden wir von Lady Di, der Empfangspraktikantin. In feinstem Oxford-English und mit dezent gesenktem Kopf hieß sie uns willkommen und kündigte das heutige Abendhighlight an: Luciano Pavarotti gibt den Tonio in Donizettis Regimentstochter. »Hört, hört«, schallte es aus den Reihen und die Königin der Herzen leitete zum nächsten respektive ersten Programmpunkt über: »Ihr Leben in Bildern« sollte es heißen. Sogleich tauchten allerlei Engel auf und nahmen uns an den Händen. Für mich war Jürgen Möllemann zuständig, dem ich nur widerwillig folgte. Er führte mich zu einer langen Reihe von Videokabinen und wies mir die Nummer 8 zu. »Na dann viel Spaß«, sagte er, »und hinterher sauber machen!«

Verdutzt betrat ich Kabine 8, in der sich ein Plastiksitz wie im Stadion, ein Flachbildschirm und billige Boxen befanden. Ich zog den Vorhang zu, nahm Platz und harrte der Dinge, die da kamen. Die Standardansage für Männer lief vom Tonband ab: »Lieber Verstorbener, du bist viel zu früh gegangen, deine Familie und deine Freunde …«, bla, bla, bla, Rhabarber. Das ging dann ein paar Minuten lang so, bis es endlich spannend wurde und sich der Bildschirm einschaltete. Noch mal eine Ansage: »Dies ist das Leben von …« und von draußen flüsterte Möllemann meinen Namen herein. Die geben sich ja richtig Mühe hier, dachte ich, dann startete die Power-Point-Präsentation auf dem Bildschirm und ich revidierte meine Meinung. Die einzelnen Bilder waren durch den Uhrzeigereffekt getrennt oder falteten sich zusammen und flogen weg. Wer da wohl grade Praktikant im Schnitt ist? Der Off-Kommentar unterschied sich nicht sonderlich von unerwünschten Gästeeinlagen anlässlich eines runden Geburtstags, zum Glück war er nicht gereimt: »Es war ein sonniger Tag, ein Sonntag sogar, als du – Möllemann fügte den Namen hinzu – das Licht der Welt erblicktest.« Zu sehen war ein zerknautschtes Babyding mit blauem Kopf und seiner Nabelschnur um den Hals gewickelt. Hätte ich sein können, ja, oder jedes andere Frischgeborene, das sich im Geburtskanal nicht recht sicher war, wohin jetzt mit diesem störenden Kabel am Nabel. Weitere Highlights waren das Bild vom ersten Schultag, oben auf der Treppe mit mir und meiner He-Man-Masters-of-the-Universe-Schultüte, einige intime Momente im Pubertätszustand, auch mal mit weiteren Personen, ein paar Urlaubsbilder, Schule und Universität, Alkoholexzesse, Liebesdramen und zum Schluss Thomas Hermanns' Zähne. Kein würdiger Abschluss. Aber das hatten wir ja schon.

Möllemann fragte vorsichtig, ob ich fertig sei, und zog dann den Vorhang zurück, damit der Nächste sich sein erfülltes Leben ein letztes Mal vor Augen führen konnte. An der Seite von Mölles Schulterpolstern ging ich dahin und war gespannt, was mich nun erwarten würde. Er hatte während der beeindruckenden Präsentation anscheinend meine Akte gelesen, oder angelegt, denn er ließ einfach so »totgelacht, hihi« fallen, ohne dass er eine Fortsetzung des Redeflusses in Betracht gezogen hätte. Wir gingen noch ein paar Schritte, bis mir der passende Konter eingefallen war: »Reißleine nicht gefunden, was?« Er räusperte sich und zupfte verlegen seinen Schnurrbart. Wir flanierten schweigend weiter, an allen möglichen Engeln vorbei, von denen mir aber keiner so recht bekannt vorkam. Dann doch.

Ist das nicht?, dachte ich, und er war es. Herr Lechshurler, mein alter Schullehrer, der schon zu Lebzeiten dazu neigte, sich ständig zu wiederholen. Er saß auf einem Schemel und verspeiste eine Forelle blau. Ich ging zu ihm hinüber, baute mich vor ihm auf und sah ihn erwartungsvoll an. Er unterbrach das Mahl, musterte mich vom Scheitel bis zur Sohle und fing an zu plappern: »Warten Sie, warten Sie. Ich hab's gleich. Letzte Reihe am Fenster, nicht? Nicht? Ja. Sie haben in Ihren Aufsätzen immer abenteuerliche Sachen geschrieben, ständig ist jemand gestorben bei Ihnen. Gestorben. Ich fand das sehr amüsant für die dritte Klasse. Aber wie oft, wie oft habe ich Ihnen gesagt: Schreiben Sie zum Schluss einfach ›Ich wachte auf und es war alles nur ein Traum, nur ein Traum‹, dann sind Sie fein raus und es besteht kein absoluter Glaubensanspruch. Wie oft habe ich Ihnen das gesagt?« »Etwa fünfzigmal, denke ich«, entgegnete ich. »Und was haben Sie jetzt davon? Sie sind tot. Sehen Sie?« »Ja, aber ...« Was sollte man darauf entgegnen? Lechshurler widmete sich wieder mit voller Hingabe seiner Forelle. Das Gespräch schien beendet. Widerworte ließ er von jeher genauso wenig gelten wie den Einsatz eines anderen Mediums als der Tafel im Unterricht.

Möllemann hatte sich während der Unterhaltung seinen Schnurrbart zurechtgekämmt und gesellte sich wieder zu mir. »Können wir?«, fragte er genervt. »Was denn eigentlich?«, ging ich ihn etwas zu barsch an. »Die ganze Zeit dackele ich hier an Ihrer Seite rum und ...« »Hier oben duzen wir uns alle.« »... an deiner Seite rum und hab keine Ahnung, wo wir denn eigentlich hingehen oder was wir als Nächstes tun. Die Wolken und so sind ja ganz nett anzuschauen, aber das kann's doch nicht gewesen sein!«

»Ungeduld ist nicht unbedingt der beste Ansatz, sich hier oben wohl zu fühlen. Alles braucht seine Zeit«, sagte Mölle. »Wir sind hier eben alle ziemlich chillig drauf.«

Wie um seine Aussage zu unterstreichen, passierte uns Konrad Adenauer auf einem Elektromofa, drehte sich noch mal kurz um und grüßte uns mit zwei Fingern. Ein paar Schritte später sahen wir Rudi Carrell in Manier eines Imperators auf einer Sänfte fläzen, mit großen Pfauenfedern wurde ihm Luft zugefächelt. »Hallo, willkommen!«, nuschelte er mir entgegen. »Soll ich dir ein Ständchen singen? Eine kleine Rudigramm?« Ich lehnte dankend ab, ging weiter und stolperte fast über Anna Nicole Smiths Brüste. Die hätte man eigentlich nicht übersehen dürfen. Sie lag einfach da auf dem wattenen Boden und tat nichts und schmollte mit ihrem Mund rum wie eh und je. »Eigentlich ist die grade Praktikantin im Schnitt«, erklärte mir Möllemann später, »aber weil sie immer so Kinderkrameffekte zwischen die Bilder macht, lassen wir sie nur einmal am Tag ran.« Na, Glück gehabt, dachte ich. Auf dem weiteren Weg klärten wir einige meiner offenen Fragen, zum Beispiel, wie Gott so drauf ist und was sie den ganzen Tag lang so tut. Sehr beeindruckend. Schließlich schauten wir noch kurz bei Pavarotti vorbei und lauschten ihm beim neunmaligen Anstimmen des hohen C in der Regimentstochter. Sehr beeindruckend.

Erschöpft von den vielen Eindrücken zog ich mich nach den Standing Ovations unbemerkt zurück. Ich suchte mir eine unbesetzte Altocumuluswolke in der Form eines reich gefüllten Tacos aus, bettete mich auf sie, zählte die Schäfchen, die auf Kommando über mich hüpften, und ließ den ersten Tag des Nachlebens noch einmal Revue passieren. Gedanklich bei Lechshurler angekommen, dachte ich lange über seinen Rat nach: »Schreiben Sie am Ende: Es war alles nur ein Traum … ein Traum … ein Tra«, und schon war ich eingeschlafen.

Gefühlte zehn Stunden später erwachte ich und dachte, dass dieser Traum echt der Hammer war.

Dann sprang Mölle an meine Wolke und fragte, ob ich lieber Cornflakes oder Honigbrötchen zum Frühstück möchte. Och menno, immer noch tot. »Zieh Leine!«, antwortete ich und verstand gar nicht, warum er allzu sensibel darauf reagierte. Er schien wie am Boden zerstört.

Ich drehte mich noch einmal um und hoffte auf ein angenehmeres Erwachen beim nächsten Mal.

## MACHT DOCH, WAS IHR SOLLT

An einer roten Ampel bleibt man stehen. Bleibt man. Man weiß, dass es verboten – Verboten! – ist, bei Rot zu gehen oder zu fahren. Und wenn man im Auto sitzt, auf einer Landstraße, und seit zehn Minuten wartet und kein Auto entgegengekommen ist und man das andere Ende der Baustelle sieht, und da kommt nichts, und die eigene Ampel aber noch immer rot zeigt, dann bleibt man stehen. Denn so macht man es. Das sind die Regeln.

Nach 22 Uhr macht man die Musik aus. Während der Mittagsruhe ist man auch leise. Rücksichtnahme garantiert eine solide Nachbarschaft und ein hervorragendes Verhältnis zum Vermieter.

Man geht zum Talkshows-Schauen ins Wohnzimmer, zum Essen ins Esszimmer, und zum Miteinanderschlafen ins Bett. Und man sagt »miteinander schlafen«. Das sagt man eben. Man sagt nicht Sex oder poppen oder sonstiges Abartiges. Das sagt man nicht. Und man legt sich aufeinander und hält den Mund dabei – weil es sich so gehört.

Zum Rauchen geht man danach auf den Balkon, weil man in der Wohnung nicht raucht. Eigentlich muss man überhaupt nicht auf den Balkon gehen, denn man raucht ja nicht mehr heutzutage. Man weiß ja Bescheid. Man ist ja so klug, weil es einem gesagt wird:

»Tun Sie dies, machen Sie das, kaufen Sie sich einen Hund, aber aus dem Tierheim. Ganz Deutschland macht das. Ganz Deutschland ist empört, wenn Sie sich keinen Hund kaufen. Also kaufen Sie sich gefälligst einen Hund! Aber keinen Rottweiler, das macht man nicht.

Oder adoptieren Sie doch mal ein osteuropäisches Kind. Das macht man heute. Und machen Sie ruhig noch ein paar eigene. Wegen der Bevölkerungspyramide. Aber nicht mehr als vier, denn: Großfamilien – das macht man nicht.

Essen Sie mehr Obst und Gemüse, putzen Sie sich dreimal täglich die Zähne, mixen sie für mittags Aronal und Elmex zusammen. Lassen Sie sich jeden Morgen von ihrem Hund aus dem Tierheim die Zeitung bringen. Die können Sie dann beim Kaffeetrinken lesen.

Ach, Sie trinken gar keinen Kaffee? Das macht man aber so bei uns.

Was Sie mit der Zeitung machen sollen? Das haben wir gut für Sie geregelt: Die Zeitung ist das auf dem großen Papier, die können Sie lesen, wie schon gesagt. Auf den etwas kleineren Papieren können Sie schreiben – aber nur das, was Ihnen diktiert wird. Die noch kleineren gefalteten Papiere nehmen Sie für Ihre Nase, die großen auf der Rolle zum Aufwischen in der Küche und die kleinen auf der Rolle, die sind für'n Arsch. Und bringen Sie das nicht durcheinander. Das macht man nicht!

Ach, Sie können gar nicht lesen und schreiben? Macht nichts, da haben wir schon die perfekte Zeitung für Sie, die gibt's aber nicht im Abo. Die müssen Sie jeden Morgen beim Bäcker holen, wenn Sie mit Ihrem Hund Gassi gehen. Das macht man auch so bei uns.

Morgens vor dem Frühstück noch mal schnell mit dem Hund aus dem Tierheim raus auf die Straße, ihn sein Geschäft machen lassen, dann das Geschäft wieder aufheben und in eine Plastiktüte stecken, dann zum Bäcker gehen, ›Guten Morgen‹ sagen, Brötchen und die Zeitung holen, und dann nach Hause und das osteuropäische Adoptivkind wecken. Das machen Sie einfach jeden Morgen so. Und das Kaffeetrinken, das müssen Sie sich unbedingt angewöhnen, das macht man, bevor man arbeiten geht.

Ach, Sie haben keine Arbeit? Das tut uns leid! Aber da sind wir nicht zuständig. Das machen nämlich die da oben. Ja, die da oben machen das schon. Die können das. Die machen immer alles richtig. Hach, ich sag' Ihnen: In die da oben, da könnt ich mich verlieben, in die da oben in Berlin.

Noch Fragen? Wie Sie die Zeit rumbringen sollen, bis Sie Arbeit haben?

Verhalten Sie sich unauffällig! Stellen Sie keine Fragen! Gehen Sie nicht über Los! Und jeden Sonntag in die Kirche! Das macht man so.

Ihren Hund müssen Sie dann leider zu Hause lassen, aber Ihr osteuropäisches Adoptivkind sollten Sie schon mitnehmen in die Kirche. Denn dann reden die anderen Leute gut über Sie. Das ist ganz wichtig bei uns, fast noch wichtiger als Kaffeetrinken, dass gut über einen geredet wird. Und wenn dann mal über einen anderen, der nicht in der Kirche war, schlecht geredet wird, dann stellen Sie sich dazu und reden mit und erfinden irgendwas, damit der noch schlechter dasteht. Das machen alle so. Dabei geben Sie Ihrem osteuropäischen Adoptivkind alle paar Sekunden einen Kuss – und Ihrer Frau auch.

Wie, Sie haben keine Frau?

Dann besorgen Sie sich eine! Nein, die gibt's nicht im Tierheim. Aber da sollten Sie trotzdem zuerst vorbeischauen, denn mit einem Hund aus dem Tierheim haben sie bessere Chancen auf eine Frau. So, dann haben wir ja alles besprochen, ich nehme Sie dann eben noch in die Arbeitslosenstatistik auf …

Moment …

Ach wie? Sie wollen jetzt gar keinen Urlaub mehr in unserem Land machen? Das ist Ihnen alles zu kompliziert?

Tja, das machen wir eben so.«

## EIN GUTER SOHN

Da ist er wieder. Vorwurfsvoll liegt er da, verhöhnt mich. Ich dachte, er wäre irgendwie von alleine gegangen, aber jetzt glotzt er mich wieder an. Dieser Kuchen auf dem Tisch.

Der Kuchen, der schon seit vier Wochen auf dem Tisch liegt, liebevoll in ein Paket aus bunten Servietten gehüllt, mit einer roten Schleife verschnürt. Der Kuchen, den mir meine Mutter beim letzten Abschied auf den Beifahrersitz meines Autos gelegt hat, um mich zu überraschen, wenn ich davonfahre, damit ich mich immer noch freue, wenn ich ankomme, damit ich an sie denke, damit ich nicht verhungere während des Studiums.

Der Kuchen. Der höchstwahrscheinlich vertrocknete, harte, ungenießbare Kuchen vor mir auf dem Tisch. Für den meine Mutter sicherlich zwei bis fünf Stunden – nachts – im Schweiße ihres Angesichts in der Küche zugebracht hat, immer nur das Bild vor Augen, wie ich in einer sauberen, aufgeräumten und fruchtfliegenfreien WG beim nachmittäglichen Kaffeetrinken genüsslich einige Stücke davon verzehre und zufrieden lächelnd an sie denke.

Allein diese idealisierte Vorstellung, die sie von meinem Studienleben hat, macht mich zu einem schlechten Sohn. Das muss ich wiedergutmachen.

ICH MUSS DEN KUCHEN ESSEN!

Wenn meine Mutter wüsste, dass ich den Kuchen nicht angerührt habe, wäre sie zutiefst enttäuscht von mir. Wenn sie wüsste, dass ich vorhabe, ihn mit der Biotonne vertraut zu machen, das würde sie in den noch tieferen Abgrund der Depressionen stürzen. Sie wird sich fragen, was sie falsch gemacht hat, dass es mit mir so weit gekommen ist. Sie wird apathisch in der Küche sitzen und in den leeren Ofen starren. Dann wird sie zur Flasche greifen und ihren Kummer dem Eierlikör anvertrauen, oder dem Baileys, oder einem abenteuerlichen Mix aus Eierlikör und Baileys, mit einem Schuss Pernod. Ich kann nicht zulassen, dass meine Mutter zur Alkoholikerin wird!

ICH MUSS DEN KUCHEN ESSEN!

Andererseits: Sie wird es niemals erfahren. Aber sie wird fragen. Sie wird fragen, wie mir der Kuchen geschmeckt hat, mit einem breiten Lächeln, voller Stolz, in gespannter Erwartung der Antwort, die natürlich lauten wird: »Du backst die besten Kuchen von allen, Mami!« Wenn ich es so ausdrücke, wäre das nicht mal gelogen, und von der Biotonne bekäme sie auch nichts mit. Aber sie wird fragen und fragen und fragen, und irgendwann werde ich ihr meinen kompletten Tagesablauf der sechs vergangenen Wochen geschildert haben, inklusive Mahlzeiten. Und dann wird sie fragen: »Und der Kuchen?« Dann hat sie mich. Dann gibt es kein Entkommen mehr. Sie wird es herausfinden, sie ist so gewieft in diesen Dingen. Jahrzehntelanger Dorftratsch ist eine bessere Übung, als es eine Stasi-Ausbildung jemals gewesen sein kann. Sie kriegt es raus.

ICH MUSS DEN KUCHEN ESSEN!

Andererseits: »Da war ein Dieb auf der Raststätte und der hat mich überfallen und wollte den Kuchen haben.« Gute Idee eigentlich, glaubwürdig und stichfest. Aber am Ende wird irgendein armer Landstreicher ins Gefängnis gesperrt, nachdem meine Mutter die Polizei verständigt und eine Ringfahndung nach jedem, der sich in der Nähe einer Autobahn aufhält und einen Kuchen bei sich trägt, eingeleitet hat. Also doch nicht der Dieb.

Vielleicht hat er sich ja ganz gut gehalten, der Kuchen. Möglicherweise haben ihn die Servietten konserviert. Kann auch sein, dass er noch besser schmeckt, wenn er erst einmal gereift ist.

Ich öffne das Kuchenpaket. Der Guss obendrauf war wahrscheinlich schon immer so grün und flockig. Sieht doch ganz appetitlich aus.

In der Gewissheit, meine Mutter damit vor dem Alkoholismus zu bewahren, mache ich mich an die ersten vier Stückchen. Schmeckt ein bisschen nach Made und ein wenig mehr nach vertrockneter Haut, ein Hauch von verfaulten Eiern ist auch dabei. Also eigentlich ganz gut.

Nun kann ich meiner Mutter mit ruhigem Gewissen erzählen, dass ich den Kuchen gegessen habe. Davon, dass er sich nicht länger als zehn Minuten im Inneren meines Körpers aufhielt, muss sie ja nichts erfahren. Ich bin jetzt wieder ein guter Sohn!

## DER TAG, ALS BILL DEN STECKER ZOG

Es wird geschehen. Irgendwann, in ein paar Jahrzehnten, werden die Leutchen rund um den Globus in kleinen Grüppchen zusammensitzen und es wird immer der Älteste sein, der, der tatsächlich dabei war, der die folgende Geschichte erzählt:

Es war kein guter Tag für Bill. Am Morgen las er die erste Statistik, die die Dominanz des Betriebssystems Linux gegenüber Windows bestätigte. Das hatte er nicht vorausgesehen, obwohl er doch sonst nebenberuflich Visionär ist. 2005 prophezeite er den Untergang der Printmedien und behielt, wie wir wissen, recht. Knapp zehn Jahre später wurde die letzte Zeitung verlegt. Es gab nur noch Internet, so, wie er es wollte, so, wie es ihm recht war, das Internet schlägt alles, so hatte er es schon immer dahergebetet. Er, Dr. h. c. William Henry Gates der Dritte, Knight Commander des Britischen Empires, von der Welt liebevoll Bill genannt.

Wie gesagt, da war also diese Linuxsache, die ihn ziemlich aus der Bahn warf. Sowieso, seit der Zerschlagung des Konzerns wegen illegaler Monopolisierung lief es ja nicht mehr ganz so rosig, aber er hatte sich immer gedacht: Solange noch mehr als die halbe Welt jeden Tag mein

Windows auf dem Schirm hat, so lange bin ich zufrieden. Das hatte sich ja nun geändert.

Wie Bill es in diesen Situationen, in denen er nicht weiterweiß, immer machte, ging er an den Lake Washington direkt vor seiner Haustür und sah auf das sich kräuselnde Wasser, das mit der Mittagssonne spielte – was vom Programm *Microsoft Virtual Earth 3D Live* so realistisch auf seinem 120-Zoll-Plasmabildschirm dargestellt wurde, als wäre er tatsächlich die paar Hundert Meter zum See gelaufen. Er saß also in seinem Vibrationssessel und blickte auf die kleinen Wellen, die der Wind machte, und dachte nach – und rief sich einen Satz in Erinnerung, den er einmal gesagt hatte: »Das Internet ist wie eine Welle: Entweder man lernt, darin zu schwimmen, oder man geht unter.«

Und er dachte weiter, drehte die Worte, sah auf den See, und plötzlich – er hatte es gar nicht mitbekommen – musste der Wind nachgelassen und das Gewässer sich beruhigt haben. Der Lake Washington war glatt, eine Fläche wie ein Turnhallenboden, ein deutscher Turnhallenboden. Und Bill dachte weiter, nahm seine Brille ab und kratzte sich am Haaransatz, weiter hinten als früher. Keine Wellen mehr, dachte er, keine Wellen – da war ihm klar, was er zu tun hatte. Er sagte seinem Haus, dass es ihm den Aufzug schicken sollte, das Haus machte »Pling« und der Aufzug kam. Er fuhr hinunter, einen Stock tiefer noch, als er für gewöhnlich fuhr. Er war erst zum zweiten Mal hier unten, ganz unten, er hatte nicht vorgehabt, es einmal so weit kommen zu lassen. Aber die Menschen waren doch selbst schuld, vor allem Linus Torvalds, der böse Linux-Boss, das Böse schlechthin.

Bill drückte seine Hand auf einen Touchscreen, der Windows-Start-Jingle erklang und die schwere Eisentür, vor der er stand, schob sich beiseite. Er betrat den Raum, der eigentlich nichts Spektakuläres an sich hatte, Raufaser, weiß gestrichen, angegilbt. Doch es ist ja meistens so, dass die wirklich großen Sachen keinen großen Auftritt brauchen.

Es lagen zwei dicke Kabel auf dem Boden, in der Mitte des Raums war das eine in das andere gesteckt. Ein gelber Post-it-Zettel war an dem eingesteckten Kabel befestigt, »Internet« stand darauf. Davor ein loses Blatt Papier, auf das er für sich selbst, beim ersten Mal, mit Rotstift geschrieben hatte: Think twice!

»Keine Wellen mehr«, dachte Bill, »lassen wir sie untergehen«, und zog den Stecker.

Es war 7.25 Uhr in Medina, Washington.

In Münster, Westfalen, war es 16.25 Uhr und Uwe ließ verwundert die Chipstüte sinken. »Huch, was ist denn jetzt passiert?«, sagte er zu sich selbst. Antwort: Die Verbindung wurde getrennt. So stand es auf dem Bildschirm. So stand es nicht nur bei Uwe, so stand es in dieser Sekunde auf drei Milliarden Bildschirmen weltweit – bei Lucia in Caracas, bei Alemash in Mosselbaai, bei Eugene in Palmerston North, bei Kono in Hiroshima, bei Filiko in Hosszúhetény, bei – nun ja, alle aufzuzählen würde den Rahmen sprengen. Diese hier wurden exemplarisch genannt, weil es sich dabei um die Online-Kniffel-Runde von Uwe handelt.

Nach dem fünften Einwählversuch bildeten sich kleine Schweißperlen auf Uwes Stirn. Er griff zur Geheimwaffe: Ausschalten, Einschalten. Brachte auch nichts. Was war bloß geschehen? Uwe nahm sein Handy und wollte Andy anrufen, mit dem er sich öfter im Chat traf – und mit dem er Abi machte. Brachte auch nichts, kein Netz.

So wie Uwe wollte sich jeder Internetuser bei irgendeinem Bekannten erkundigen, ob das WWW denn woanders noch funktionieren würde. Die Folge war eine Mobilfunknetzbelastung dreimal so hoch wie an Silvester. Auch diese Netze gaben also ihren Geist auf. Das Festnetz war 2018, wie wir wissen, wegen der Gebührenangleichung der Mobilfunkbetreiber schließlich auch in Deutschland abgeschafft worden (als letztes aller Länder weltweit).

Das Fernsehen wurde 2025 in seiner konventionellen Form eingestellt und komplett aufs Internet verlagert – embedded, sagte man. Das Radio war schon lange zuvor von Apple aufgekauft worden und nur noch in iPods erhältlich – natürlich basierend auf der WLAN-Technologie. Doch auch die war platt. Bills Steckerzug hatte schließlich auch die zentrale WLAN-Antenne auf seinem Dach außer Kraft gesetzt. Nichts, gar nichts ging mehr.

»Da geht einiges«, sagte Uwes Vater, wie so oft in seinen Jugendslang, den vom Beginn dieses Jahrtausends, verfallen. Er kommentierte damit den neuen Staubsauger, den Hausperle Swetlanka gerade zum ersten Mal angeschmissen hatte. Gerade erst bei eBay ersteigert. Swetlankas Ersteigerung war schon zwei Jahre her, sie hatte 221,34 Euro gekostet. Der Staubsauger war billiger. Vom Geräuschpegel her lagen die beiden gleich, fast kein Mucks.

Als Uwe ins Zimmer gestürmt kam, wussten Swetlanka und sein Vater, dass irgendetwas nicht stimmen konnte. »Du bist afk? Um diese Zeit?«, fragte sein Vater irritiert. Uwe konnte kaum sprechen. So schnell war er die Treppe noch nie nach unten gewetzt, er hatte sogar zwei Stufen auf einmal genommen, war völlig außer Atem. »Das Netz«, quetschte er nur heraus, »das Netz.« Und dann: »Was jetzt?«

Eine berechtigte Frage. Die Menschheit hatte sich komplett in die frischzellenbehandelten, aufmanikürten Hände des Internets gelegt und sich in ihnen recht wohl gefühlt. Sämtliche Dienstleistungen existierten nur noch virtuell. (Abgesehen vom ältesten Gewerbe und von eng mit ihm verwandten Tätigkeiten wie etwa Thai-Massage.) Was jetzt? Was tun?

Wohin mit dem alten Gerümpel aus dem Keller – ohne eBay? Wem einfach seinen actionmäßigen Tagesablauf runterbeten – ohne WordPress? Wozu überhaupt noch Fotos machen, wenn man sie nicht auf flickr oder StudiVZ der ganzen Welt präsentieren kann?

Wem ungestraft seine Genitalien zeigen – ohne YouPorn? Und überhaupt: Was denn den ganzen Tag lang so anstellen?

Bill hatte sich inzwischen die Frage »What do you want to do today?«, die über seiner Hauspforte prangt, selbst beantwortet. Er nahm sich ein Buch: »The Great Life of Bill Gates« – das einzige, das er in seinem Haus finden konnte, und setzte sich in seinen Vibrationssessel. Zufrieden schlug er Seite 104 auf, die, auf der es spannend wird, das erste Microsoft-Kapitel.

Uwe dachte darüber nach, Hausaufgaben zu machen. Nebenbei versuchte er sechsmal pro Minute, sich wieder einzuwählen. Aufgeschmissen starrte er schließlich auf den Bildschirm, holte resigniert seine Mappe heraus und las, was gerade in der Schule abging: Das Hambacher Fest. Was'n das?, dachte er und wollte spontan danach googeln. Tja ... Kurz darauf war er schon wieder keuchend unten im Wohnzimmer angekommen. So viel Sport hatte er die letzten zwei Jahr über nicht getrieben. Swetlanka war mit dem Staubsaugen fertig und bemerkte, dass es Uwe nicht gut ging. Sie strich ihm beim Hinausgehen mitfühlend über die Haare. Mutti war mittlerweile vom Arbeiten nach Hause gekommen und drehte eine ihrer langen Zigaretten, Uwes Vater saß in Erwartungshaltung neben ihr. »Uwe!«, sagte Mutti überrascht. »Du bist nicht auf deinem Zimmer? Was ist denn passiert?« Uwe machte ihr klar, dass er nicht darüber reden wollte, der Schock saß tief. Er unterdrückte tapfer eine Träne und besann sich dann darauf, weshalb er eigentlich den schweren Weg nach unten angetreten hatte:

»Mutti, sag mal, wie heißt noch mal das Wikipedia fürs Regal?« – »Lexikon, Schatz!« – »Ah, o.k., und wie ist das so, also, ähm, von der Form her?« – »Ein Buch, Schatz, ein Buch.« – »Gut, dann werd ich das mal suchen gehen. brb.« – »Bitte was?«, fragte Mutti, als Uwe schon aus dem Zimmer geschlurft war. Uwes Vater klärte sie auf: »Er meint, dass er gleich wieder da ist. Be right back. So redet man im Internet.« – »Ach, Internet …«, meinte Mutti abfällig und klackerte ihr Feuerzeug an.

Währenddessen hatten sich auf den Straßen aufgebrachte Menschenmassen versammelt. Keiner konnte verstehen, was da geschehen war, und keiner wusste, wie es nun weitergehen sollte. Eine Welt ohne Internet? Wie soll das funktionieren, wenn man schon nach 20 Minuten Offlinedasein so aufgeschmissen ist, dass man sich panisch auf den Straßen zusammenhortet?

Vor allem aber trat die Frage auf, wer daran schuld sein könnte, dass es nicht mehr funktioniert. Verschwörungstheorien wurden gesponnen, wilde Spekulationen traten auf: Al Qaida war's, wie damals in New York. Die CIA war's, wie damals in New York. Der Klimawandel ist schuld, Russland ist schuld, die Atomkraft, die Bohème, Aliens, die Nazis auf ihren Dinosauriern. Doch auf die simple Idee, dass Bill Gates in seinem Keller einfach den Netzstecker gezogen hatte, darauf kam niemand. Die Vorstellung war zu absurd.

Bill war indes auf den Golfplatz gegangen. Es war nicht weit, er hatte gleich einen im Garten. Er schirmte die Augen vor der Mittagssonne ab und verfolgte die Flugbahn des Balls, der direkt auf dem Green landete. Melinda, Gemahlin und Caddie, applaudierte euphorisch. Heute läuft's rund, dachte Bill und ballte die Faust.

»Spielen wir doch Rundlauf«, schlug Uwes Kumpel Andy vor, der spontan vorbeigekommen war. Andy war zuvor noch nie bei Uwe zu Hause gewesen. Die beiden waren zunächst am Versuch gescheitert, ein Lexikon zu finden, und wussten jetzt nicht allzu viel miteinander anzufangen. »Wie spielt man das?«, fragte Uwe und Andy musste zugeben, dass er keine Ahnung hatte. So fing es an mit ihrer Ratlosigkeit, die sich auf weitere, nahezu alle Lebensbereiche ausdehnte.

Im Verlauf der kommenden sieben Tage, an denen die Netzlosigkeit herrschte, wurde es nicht gerade besser. Nein, überhaupt nicht. Nicht nur Uwe und Andy ging es so.

Die Nerds in aller Welt scheiterten am Versuch, ein netzloses Leben zu leben, denn das Netz war dazu da gewesen, sie aufzufangen. Jetzt waren sie im freien Fall, und sie wussten es. Manche von ihnen wussten sich nicht anders weiterzuhelfen, als sich wie die Lemminge zusammenzurotten und eine Klippe zu suchen. Da jedoch keiner mehr von ihnen eine Straßenkarte lesen konnte, kam letztendlich auch niemand ums Leben. Die Degeneration ihres Orientierungssinns hatte sie bewahrt. Auffällig war zudem, dass sie ihr Online-Gebaren ins wahre Leben transferierten. Sie lachen lauthals los, sobald sie etwas nur im Entferntesten komisch fanden. Bei guten Gags wälzten sie sich vor Lachen auf dem Boden.

Doch nicht nur in dieser Gruppe der extremen Online-Junkies waren Auswirkungen sichtbar. Vor allem Banker, Medienschaffende und Perverse zeigten extreme Entzugserscheinungen. Es dauerte keine zwei Wochen, da war die weltweite Hemmschwelle so weit heruntergeschraubt, dass die allgemeine Moral so tief lag wie in Rom zu Asterix' Zeiten.

Es wurden Handzettel mit Sexvorlieben beschrieben und sich auf offener Straße angebiedert. »Hier, lies dir mal mein Profil durch. Dann können wir gleich ins Bett hüpfen oder du gehst einfach weiter – wie damals im Netz.« Die Freikörperkultur erlebte eine Renaissance. Das Straßenbild war bald geprägt von blanken, glänzenden Körpern, Nacktheit regierte. Man fasste sich an, wildfremde Menschen fanden sich zu spontanen Orgien zusammen. Der zwischenzeitlich nur mehr sprichwörtlich gewordene Schwanzvergleich wurde wieder seiner ursprünglichen Bedeutung zugeführt – und alle sahen zu. Ohne die Namen der anderen zu kennen, gab man sich der freien Liebe hin. Bald herrschte ein omnipräsentes libidodurchtränktes Odeur, an dem Jean-Baptiste Grenouille seine wahre olfaktorische Freude gehabt hätte. Für die meisten war es das Paradies, die Umsetzung der Phantasien, die sie sich im Internet jahrzehntelang gegenseitig bereitet hatten.

Nur wenige Moralisten stellten sich dem Trend entgegen, sie fanden sich hauptsächlich in den Redaktionen der neu belebten Printmedien zusammen: »Spiegel Online Print«, »FAZ.net-Print«, die täglich erscheinende Anthologie »Blogs offline« und natürlich »Netzeitung Print« – um nur einige zu nennen. Dort wurden die Verschwörungstheorien noch immer rauf- und runterdiskutiert, ebenso wurde die drohende Apokalypse infolge des Sittenverfalls propagiert. Sodom und Gomorrha belegten die Plätze eins und zwei bei der Wahl zum Wort des Jahres.

Die alles überschattende Frage aber war noch immer die, die man schon Tausende Male gelesen hatte: Wer ist der Täter?

Und was tat Bill? Er ging einmal täglich in den Keller, genoss die Ruhe dort unten, betrachtete die Kabel und wirkte zunehmend zufriedener. Keine Wellen mehr. Er hatte es ihnen gezeigt. Er war der strahlende Held, hatte die Strippen in der Hand. Beziehungsweise vor den Füßen. Es wäre so einfach, das ganze Schauspiel so schnell wieder zu beenden, wie er es eingeleitet hatte. »Maybe tomorrow«, sagte er wieder und wieder zu sich selbst, als er den Keller wieder verließ.

An einem Tag Ende August, das Online-Embargo herrschte 59 Tage, ließ Bill das »maybe« weg. Er gab der Welt noch 24 Stunden, dann würde er sie erlösen.

Von Uwe hatte man lange nichts mehr gehört. Er hatte sich Fische gekauft und kümmerte sich aufopfernd um sie. Sie trugen die Namen seiner früheren Mitspieler beim Online-Kniffel. Filiko war sein Liebling, ein Guppy. Mittlerweile wusste Uwe auch, was es beim Hambacher Fest zu feiern gab – und einiges mehr. Neben seinem angestaubten Bildschirm stand die komplette Brockhaus-Enzyklopädie. Als Erstes hatte er »Lexikon« nachgeschlagen, dann »Enzyklopädie«. Die Einwahlversuche hatte er nach drei Wochen aufgegeben und sich nebenbei sprunghaft in der Schule verbessert.

Verbessert hatte sich auch die Moral. Die Gierigen schienen sich fürs Erste an ihren Körpern satt gefressen zu haben. Es wurde wieder en vogue, Kleidung zu tragen und statt Körperflüssigkeiten Neuigkeiten auszutauschen. Zum Beispiel die Neuigkeit, dass sich auf das Internet gut verzichten lässt, dass die allgemeine Entschleunigung den meisten zusagt, dass man sich nun gerne zusammensetzt und Brettspiele oder Gitarre spielt, statt um den größten virtuellen Freundeskreis zu konkurrieren. Ja, man kann sagen, die Leutchen hatten sich arrangiert und waren glücklich.

Einen Tag später schrieben sie sich alle E-Mails und bejubelten, dass das Internet wieder funktioniert. Bill hatte nicht mitbekommen, dass er zwischenzeitlich zum Weltverbesserer avanciert war, wie er es schon immer wollte, er sich aber selbst einen Strich durch die Rechnung gemacht hatte. Er schloss die Kellertür und sollte sie nie mehr wieder öffnen.

Das Netz war wieder da. Über die netzlose Zeit zu sprechen, war nutzlos. Niemand wollte mehr etwas davon wissen – auch nicht Uwe in Münster, Westfalen, der sich gerade im Moment ein Video mit vielen X im Titel herunterlädt.

## ZEN-WORM

Neulich stieg mir der Geruch von frischgemähtem Rasen in die Nase. Kurz zuvor hatte ich den Rasen gemäht. Als ich anschließend meine Blumen im Garten goss, begann es zu regnen. Ich nahm dies zum Anlass, meine Schuhe und mein Hemd auszuziehen, die Arme auszubreiten und mich im warmen Sommerregen zu drehen. So kannte ich es aus der Werbung.

Allerdings war es schon Herbst, also fröstelte mich leicht. Plötzlich wurde mir aus unerklärbarem Grund etwas schwindlig und ich musste mich auf den Boden setzen. Dort, auf dem Boden, traf ich einen Regenwurm.

»Hey Alter, was geht?«, fragte mich der Wurm. In meiner stets schlagfertigen und coolen Art antwortete ich ihm: »Du jedenfalls nicht, du kriechst.«

Wir lachten beide herzlich über den trefflichen Witz, anschließend wussten wir aber nicht mehr allzu viel miteinander anzufangen.

Wie man es in solchen Situationen immer tut, redeten wir also über das Wetter.

»Hey, es regnet. Fett, oder?«, sagte der Wurm. Da konnte ich ihm nur zustimmen, obwohl ich persönlich Sonnenschein auch nicht schlecht finde, aber ich wollte ihm nicht zu nahe treten. Es machte sich wieder betretenes Schweigen breit, bis der Wurm erneut das Eis brach.

»Gutes Gras habt ihr hier.«

Ich entgegnete ihm, nicht ohne Stolz: »Na ja, ich kenn mich da nicht so mit aus. Aber es sagen immer alle, das Gras in Holland sei besser.«

»Wow, Holland«, sagte der Wurm, »da hab ich Verwandtschaft. Meinen Onkel Heinz hat mal ein früher Vogel gefangen und ihn dorthin mitgenommen.«

»Ich dachte immer, der frühe Vogel frisst den Wurm«, sagte ich.

»Ach was«, bekam ich empört zur Antwort. »Er fängt den Wurm. Das ist ja noch was ganz anderes. Außerdem stimmt es auch nicht so ganz. Eigentlich lassen wir uns mehr mitnehmen. Die Vögel sind für uns so eine Art Taxi.«

Gleichermaßen fasziniert und irritiert wendete ich meinen glasigen Blick dem Himmel zu, an dem diverse Vögel kreisten. Wie die Vögel am Himmel auch, kreiste mir plötzlich eine Frage durch den Kopf.

»Du, Wurm«, sagte ich, »stimmt es eigentlich, dass beide Teile von dir weiterleben, wenn man dich in der Mitte auseinanderreißt?«

Der Wurm wand sich leicht, bis er mir die Antwort gab:

»Du glaubst auch jeden Scheiß, den man dir erzählt. Wie soll das denn gehen?« Dann schien er leicht nachdenklich zu werden.

»Aber eigentlich, ich mein, ich hab's ja noch nie ausprobiert. Zerreiß mich mal!«

Ich war baff erstaunt.

»Und wenn es schiefgeht und du stirbst?«, fragte ich ihn.

»Macht nix. Ich bin Buddhist. Dann werde ich eben ein Esel oder so was.«

Also nahm ich den Wurm in meine Hände, erkundigte mich erneut, ob es ihm nichts ausmachen würde, bekam zur Antwort, ich solle mich nicht so anstellen, ich Memme, und zerriss ihn daraufhin.

Beide Körperhälften warf ich zu Boden. Beide fingen an, sich zu krümmen.

»Hätte ich mir schlimmer vorgestellt«, kam es von unten. Dann Pause.

Die Hälften umkreisten sich etwas, dann stieß der Wurm aus: »Scheiße, bin ich hässlich. Das ist ja direkt ekelhaft. Wieso hast du mich zerrissen, du Arsch? Jetzt muss ich mich ständig selbst anschauen. Und fett bin ich auch.«

»Du wolltest es doch so«, versuchte ich, mich zu verteidigen.

»Geschwätz. Du hast mich dir gefügig gemacht, gib es zu. Mit dem ganzen Gerede vom Regen und so. Ich hasse dich.«

»Du hast doch mit dem Regen angefangen. Nicht ich ...«

Wir gingen auseinander, im Streit. Ich hätte mir nie vorstellen können, dass ein einfacher Wurm ein so breites Repertoire an Schimpfwörtern draufhat, mit denen er mich geradezu beschmiss. Auf eine gewisse Weise fühlte ich mich schuldig. Ich ging mit tränenerfüllten Augen geradewegs zurück ins Haus. Auf meine Füße achtete ich dabei nicht. Das war der Grund, weshalb der Wurm mich noch eine

Zeitlang begleitete. Beide Teile von ihm.

Die Dackeldame meiner Nachbarin warf ein paar Wochen später ein paar Welpen aus sich heraus. Ich wurde zum Bestaunen eingeladen. Einer von ihnen zeigte sich besonders abenteuer- und angriffslustig und machte sich einen großen Spaß daraus, meine Schuhe zu misshandeln – während ich sie trug. »Der hat so 'nen kleinen Schuhfetisch«, meinte die Nachbarin nur und ging einen Hasen pürieren. Ich nutzte die Gunst der Stunde, um dem kleinen Dreckskӧter die Leviten zu lesen: »Hey, wenn du nicht gleich aufhörst, Fluffi, dann mach ich dir Beine!«

Fluffi, oder wie das Vieh auch immer hieß, hörte tatsächlich auf, schaute mit seinem Dackelblick zu mir hoch und zwinkerte mir zu. »Hast du doch schon«, sagte er, bevor er mir den Schnürsenkel endgültig herausriss.

## DIE FRAU UND DER SCHWAGER

Wie Herr Klee seine Vorliebe für Gartenarbeit entdeckte

Jeden Abend vor dem Zubettgehen gibt Herr Klee seiner Frau einen Gutenachtkuss. So auch letzten Donnerstag. Er ging zum Kühlschrank, trank noch einen Schluck Milch, küsste seine Frau und ging dann schlafen. Im Bett streichelte er noch einmal ihre Brust, dann drehte er sich zur Wand. Er wälzte sich noch eine knappe Viertelstunde hin und her, dann schlief er ein.

Am nächsten Morgen, nachdem er erwacht war, pünktlich um sieben Uhr, einen Wecker brauchte er nie, streichelte er die Brust seiner Frau. Dann stand er auf und ging ins Badezimmer. Nachdem er geduscht hatte, ging er in die Küche und setzte sich einen Kaffee auf. Er nahm sich Marmelade und Butter aus dem Kühlschrank und gab seiner Frau einen Kuss. Dann schnitt er Brot auf und frühstückte. Später stellte er die Kaffeetasse in die Spüle und die Marmelade und die Butter zurück in den Kühlschrank. Er gab seiner Frau einen Kuss und ging sich seine Krawatte binden. Später, auf dem Weg nach draußen, nahm er die Schlüssel aus der Hand seiner Frau und ging zur Arbeit.

Nach Feierabend freute sich Herr Klee auf das Wochenende. Er parkte seinen Wagen in der Einfahrt, schloss die Haustür auf und gab seiner Frau die Schlüssel in die Hand. Er ging in die Küche, nahm sich einen Joghurt aus dem Kühlschrank und gab seiner Frau einen Kuss. Er schmeckte nach Erdbeere. Herr Klee ging auf die Terrasse und setzte sich in seinen Schaukelstuhl. Er zündete sich eine Zigarre an und rauchte. Den Rauch blies er um die Beine seiner Frau. Er horchte auf die Tiere in seinem Garten. Später wurde es dunkel. Herr Klee ging hinein in die Küche. Er nahm eine Milch aus dem Kühlschrank und gab seiner Frau einen Kuss. Dann setzte er sich ins Wohnzimmer und sah etwas fern, bis er einnickte. Später ging er ins Bett, streichelte die Brust seiner Frau und drehte sich zur Wand. Er wälzte sich noch eine knappe halbe Stunde hin und her, dann schlief er ein.

Am Samstag erwachte Herr Klee pünktlich um sieben. Er streichelte seiner Frau die Brust und ging ins Badezimmer. Später nahm er die Schlüssel aus der Hand seiner Frau und ging zum Bäcker. Er kaufte die Zeitung und zwei Brötchen. Am Frühstückstisch schmierte er sich eines mit Marmelade, das andere belegte er mit Käse. Zuvor hatte er seiner Frau einen Kuss gegeben. Es klingelte an der Tür. Herr Klee öffnete. Sein Schwager stand vor ihm, der Bruder seiner Frau. Er wolle sie einmal wiedersehen, sagte er. Herr Klee antwortete ihm, er müsse nur nach ihr suchen, in diesem Haus sei sie überall und nirgendwo. Der Schwager suchte also.

Später traf Herr Klee den Schwager in der Küche. Er redete nicht mit ihm. Herr Klee holte sich eine Tüte Milch aus dem Kühlschrank und gab seiner Frau einen Kuss. Er goss sich die Milch in ein Glas und betrachtete den Schwager. Er war ihm nicht sehr sympathisch. Er quartierte ihn auf dem Wohnzimmersofa ein. Dann ging er auf die Terrasse, steckte sich eine Zigarre an und blies den Rauch um die Beine seiner Frau. Er horchte auf die Tiere. Als es dunkel geworden war, ging er wieder hinein ins Wohnzimmer. Er setzte sich in seinen Sessel und sah fern. Der Schwager lag auf dem Sofa. Herr Klee fühlte sich beobachtet. Der Blick des Schwagers war durchweg nur auf ihn gerichtet, nicht auf den Fernseher. Herr Klee fühlte sich unwohl und ging ins Bett. Er streichelte kurz die Brust seiner Frau, drehte sich zur Wand und wälzte sich danach mehr als eine halbe Stunde hin und her, dann schlief er ein.

Am Sonntag dachte Herr Klee nicht mehr an den Schwager, als er gegen acht aufwachte. Er streichelte die Brust seiner Frau für etwa fünf Minuten, dann hievte er sich aus dem Bett. Er schlurfte ins Badezimmer, wo er eine heiße Dusche nahm. Danach ging er in die Küche, setzte Kaffee auf und holte ein Glas Honig aus dem Kühlschrank. Er gab seiner Frau einen Kuss und setzte sich an den Küchentisch. Erst dann fiel ihm der Schwager wieder ein. Er ging ins Wohnzimmer und betrachtete ihn. Er lag noch immer auf dem Sofa. Ohne sich zurechtzumachen, nahm Herr Klee die Schlüssel aus der Hand seiner Frau und unternahm einen langen Spaziergang.

Als er wieder zu Hause ankam, steckte er die Schlüssel in seine Hosentasche. Er ging ins Wohnzimmer und sah, dass der Schwager noch immer auf dem Sofa lag. Jetzt blickte er aus dem Fenster. Er ging in die Küche, und seine Frau kam ihm merkwürdig kalt vor. Trotzdem gab er ihr einen Kuss, als er sich einen Joghurt aus dem Kühlschrank nahm. Er schmeckte nach Vanille.

Er beschloss, den Schwager umzuquartieren. Im Keller hatte er ein Lagerbett, das dem Schwager genügen musste. Er wollte ihn nicht mehr ertragen. Der Schwager sah ihn mit großen Augen an, als er ihn dorthin verfrachtete. Jedoch leistete er keinen Widerstand.

Herr Klee wollte daraufhin auf die Terrasse gehen, doch das Wetter schreckte ihn ab. Also setzte er sich in die Küche und rauchte seine Zigarre. Er aschte in die Kaffeetasse ab, die noch vom Frühstück auf dem Tisch stand. Er ließ sie stehen und ging ins Wohnzimmer, um etwas fernzusehen. Er fühlte sich behaglich und wickelte sich auf dem Sofa in eine Decke ein. An seine Frau dachte er nicht, ebenso wenig wie an den Schwager, als er eindöste.

Das Leben von Herrn Klee ging seinen gewohnten Gang. Am Montag und Dienstag ging er zur Arbeit. Er küsste seine Frau mehrere Male am Tag und streichelte ihre Brust, wenn er im Bett lag. Der Schwager verließ den Keller nicht.

Heute Morgen aber, heute ist Mittwoch, bemerkte er, dass die Brust seiner Frau nicht mehr so wohlförmig war, wie er sie in Erinnerung hatte. Als er ihr danach in der Küche einen Kuss geben wollte, stellte er dasselbe auch an ihrem Gesicht fest. Die Lippen hingen lustlos nach unten, fast ausgeleiert, außerdem waren sie ihm zu bleich. Er küsste sie nicht und beschloss, heute nicht zur Arbeit zu gehen. Stattdessen besuchte er den Schwager im Keller. Dieser blickte ihn an, ohne einen Ton von sich zu geben. Es gefiel Herrn Klee nicht. Außerdem verbreitete der Schwager einen unangenehmen Geruch. Er erinnerte ihn an sein Schlafzimmer. Herr Klee machte eine Bemerkung über Hygiene und bekam keine Antwort. Also ging er wieder nach oben, setzte sich seinen Hut auf und nahm die Schlüssel aus der Hand seiner Frau. Er fuhr zum Baumarkt und kaufte sich einen Spaten, auf den es 20 Prozent Nachlass gab.

Gerade hebt Herr Klee im Garten ein großes Loch aus, dabei horcht er auf die Tiere.

* * *

Aufmerksam gelesen?
Bei der Beantwortung der folgenden Fragen
hilft KEINE rote Folie:

1. Wann starb der Schwager?
2. Wo hält sich Frau Klee auf?
3. Wann starb Frau Klee?
4. Was hat das Ganze mit Tieren zu tun?
5. Wo ist die Schleichwerbung?

*Papier und Bleistift zur Hand, noch einmal ordentlich drübergehen und die Antworten auf www.weiteroben.de hinterlassen! Der talentierteste Hobbydetektiv gewinnt ein Meet & Greet mit dem Autor.*

## SUSI WICHTIG

Eismann 1

Das Telefon klingelt. Ich wache auf. Die Bettdecke kommt mir komisch vor mit ihren roten Elefanten drauf. Ich merke, dass es nicht meine Bettdecke ist, auch nicht mein Bett und auch nicht meine Wohnung. Ich würde mir niemals einen Porzellanhund in die Ecke stellen. Das Telefon klingelt immer noch. Wenn ich hier nicht zu Hause bin, gehe ich auch nicht ran. Das Klingeln stoppt, ich kuschle mich in die roten Elefanten und schlafe weiter.

Das Telefon klingelt. Ich wache auf. Habe geträumt, dass ich in einer fremden Wohnung aufwache, mit roten Elefanten auf der Bettdecke, Rüssel an Schwanz, und einem Porzellandalmatiner in der Ecke. Es war kein Traum. Ich gehe nicht ans Telefon, weil es nicht meins ist, und stehe auf. Draußen bimmeln Kirchenglocken. 10 Uhr morgens. Ich stelle mich ans Fenster, öffne es und strecke mich, wie in *Life of Brian,* aber mit Unterhose. Draußen ist eine Straße, die Hauptstraße heißt. Über der Metzgerei steht nur »Metzgerei«, muss ein kleiner Ort sein. Die Rollläden der Geschäfte sind alle unten. Also ist Sonntag. Komme mir vor wie Dr. Watson, weil ich so gut kombinieren kann.

Das Telefon klingelt. Ich gehe ins Bad. Die Zahncremetuben sind eigenartig ausgedrückt. So würde ich das nie machen. Ich quetsche, ich rolle nicht. Am Spiegel steht eine geheime Botschaft für mich, mit Lippenstift geschrieben. – Nein, doch nicht, der Spiegel ist nur dreckig. Warum schreibt mir nie jemand geheime Botschaften mit Lippenstift an Badezimmerspiegel, wenn ich in fremden Wohnungen aufwache? Obwohl, sehr häufig kommt das nicht grade vor. Würde mich trotzdem freuen. In der Dusche hängt ein wasserfestes Radio mit eingetrockneten Überresten von Duschgel in den Ritzen. Ich stelle es an. Der Moderator ruft jemanden an, der zehntausend Euro bekommt, wenn er sich mit »Die besten Hits auf Radio Fritz« meldet. Ich gehe in die Küche.

Das Telefon klingelt. Es ist ein schönes, altes Telefon. Mit Wählscheibe und grün und von der Deutschen Post und mit langem Korkenzieherkabel. Es schrillt so richtig, wenn es klingelt. Sollte ich vielleicht mal rangehen? Ich öffne den Kühlschrank. JA!, steht auf der Milchtüte. JA!, steht auf den Erdnüssen daneben. Will mir der Kühlschrank irgendwas sagen? Ich nehme die Erdnüsse und sehe mich etwas in der Wohnung um.

Die Wände sind langweilig weiß und über dem Porzellandalmatiner hängen eingerahmte Fotos. Das Übliche: Ein zerknautschtes Baby, das man nur süß finden kann, wenn man es gezeugt hat, eine schlafende Katze auf dem Kaminsims, ein Haus von oben, die Nordsee und ein Familienfoto. Da ich mir bisher noch gar keine Gedanken darüber gemacht habe, in wessen Wohnung ich eigentlich bin, nehme ich es von der Wand.

Das Telefon klingelt. Wirkt irgendwie beruhigend. Auf dem Bild steht die debil grinsende Familie vor einer Dampflok im Auto- und Technikmuseum Sinsheim. Die Tochter sieht ganz gut aus, bilde ich mir ein, würde sie nur ihren Mund geschlossen halten. Sie hat süße Korkenzieherlocken, so ähnlich wie das Telefonkabel. Es ist sehr wahrscheinlich, dass ich mit ihr die Nacht verbracht habe. Ein guter Fang. Wobei, die Mutter ist auch nicht ohne. Und der Vater sieht nicht so stark aus, als könnte er mich verprügeln. Also auf jeden Fall ein Glücksgriff.

Es läutet an der Tür. Ich bediene sofort die Gegensprechanlage. »Ja?« – »Der Eismann! Einmal wie immer?« – kurz überlegen – »Öhm, ja.«

Eine Minute später steht der Eismann mit zwei Zweiliterpackungen Eis – Stracciatella und Pistazie – in der Wohnungstür. Er erinnert mich irgendwie an das Michelin-Männchen. »Warum arbeiten Sie denn sonntags?«, frage ich. »Wieso sonntags? Es ist doch Mittwoch.« – »Ach.« Scheiße, falsch kombiniert. »Wollen Sie nicht mal ans Telefon gehen?« – »Nee, ich wohne hier doch gar nicht.« – »Ah, verstehe«, sagt der Eismann. Er zwinkert mir vielsagend zu, raunt noch: »Geht auf Rechnung« und dreht dann wieder ab. Ihn zu fragen, wer denn hier wohnt, würde möglicherweise meine Sympathiewerte bei ihm senken, also lasse ich es. Ich packe das Eis in den Kühlschrank und lege mich mit den Erdnüssen aufs Bett, um die roten Elefanten zu zählen. Schlafe dabei ein.

Das Telefon klingelt. Ich wache auf. Jetzt reicht's aber mal, denke ich und gehe ran, hoffentlich ist es wichtig.

Es ist wichtig! »Guten Tag, Wichtig hier. Ist meine Tochter zu Hause?« »Ist das die von dem Bild?« – »Von welchem Bild?« – »Egal. Nein, sie ist nicht da.« – »Dann sagen Sie ihr, dass ihr Verlobter auf sie wartet, hier bei uns. Wer sind Sie überhaupt?« – kurz überlegen – »Der Eismann.« – »Wie kommen Sie in die Wohnung meiner Tochter?« – noch mal überlegen – »Zweitschlüssel!« – »Ich ruf mal besser die Polizei.« – Aufgelegt.

Bis die Polizei hier in dem Kaff ankommt, kann ich auch noch ein paar Erdnüsse essen und Elefanten zählen. Dauert bestimmt 'ne Viertelstunde.

Das Telefon klingelt. Ich gehe ran: »Bei Wichtig.« Eine junge Frauenstimme fragt, ob Susi da sei und ob sie mit ein paar Freundinnen in einer Viertelstunde auf einen Erdbeertee vorbeikommen könne. »Susi macht sich grade im Bad frisch«, lüge ich, »und das mit der Viertelstunde geht klar. Hier steigt eh gleich 'ne Fete.« Sie freut sich und verabschiedet sich. »Bis gla-heich!«

Ich wähle die 110. Sage, dass sofort jemand in die Wohnung von Susi Wichtig kommen müsse. »Hier geht gleich ein Drogendeal über die Bühne. Der Codename für das Zeug ist Erdbeertee.« Die Notruffrau sagt, dass eben schon mal jemand deswegen angerufen hätte und dass sie sofort ein paar Wagen losschickt. Ich lege auf. Suche meine Hose, verabschiede mich von den 46 Elefanten und dem Porzellanhund und gehe aus der Wohnung.

Draußen treffe ich nach ein paar Minuten eine Gruppe kichernder Mitzwanzigerinnen, die irgendwie nach Waldorfpädagogik aussehen. Eine hat eine Packung Erdbeertee in der Hand. Drei Streifenwagen jagen mit Sirene und Blaulicht um die Ecke und ich biege in eine Seitenstraße ein. Ich glaube nicht, dass es ein zweites Date mit Susi Wichtig geben wird.

## ALL-IN

Eismann 2

Drei Streifenwagen jagen mit Sirene und Blaulicht um die Ecke und ich biege in eine Seitenstraße ein. Eine nett aussehende Oma zittert mir mit ihrem Rollator entgegen. Ich grüße sie freundlich, sie ignoriert mich. »Schlampe«, rufe ich ihr hinterher. »Nanana, das gehört sich aber nicht«, sagt der Eismann, der plötzlich neben mir steht. »Was machen Sie denn hier?« frage ich. »Mittagspause. Ich wollte eben ein Eis essen gehen.« Ich schließe mich dem Eismann an und wir gehen in ein Café. Ich frage die Bedienung, ob sie wirklich glaubt, dass die quietschgelben Plastiktischdecken, die so an den Tischen festgetackert sind, dass sie den Charme einer Wurstpelle versprühen, irgendwen anlocken außer vielleicht Marienkäfer. Die Bedienung fragt, ob ich stänkern wolle oder was bestellen. Ich bestelle dem Eismann ein Eis und mir einen Café au Lait. Auf den verständnislosen Blick der Bedienung hin ändere ich meine Bestellung in »Milchkaffee«.

Ich überrede den Eismann während der Wartezeit eine Partie Poker mit mir zu spielen, um Erdnüsse. Er sagt, Poker kenne er nur aus dem Fernsehen, ich hole die Karten heraus. Ich gewinne immer, hinter dem Eismann ist ein

Spiegel an der Wand. Er muss sich drei Mal neu einkaufen. Eine Erdnuss kostet 50 Cent. Nach einer Stunde habe ich genug vom Abzocken und gehe mit 4 und 7 offsuit auf der Hand All-In. Der Eismann callt, gewinnt und ich gebe ihm alle meine Erdnüsse. Er freut sich und fängt an, ein bisschen über seinen Beruf zu erzählen:

»Weißt du, es ist ein einsames und verwegenes Leben. Nur du und dein Laster. Tagein, tagaus. Auf der Landstraße unterwegs, bei Wind und Wetter. Lonely Rider! Klar, die Leute kennen und schätzen dich, und sie mögen, was du tust. Du bist irgendwie ein Star. Aber dann gibt es diese Momente, da kommst du abends nach Hause in die kalte Bude, keiner nimmt dich in den Arm, und dann ist da diese Leere. Nach der Tour hast du immer diese Leere. Nicht nur im Laster ...«

Während der Eismann so vor sich hin spricht und die Wildwestromantik des Eisauslieferns erörtert, sehe ich gedankenverloren aus dem schmutzigen Fenster. Die Waldorfpädagoginnen werden grade in Handschellen abgeführt ...

»... und du fragst dich, was du besser machen kannst am nächsten Tag, ob du den Prospekt vom nächsten Monat dem Kunden erst ganz am Ende in die Hand drückst oder schon bevor du das Eis holen gehst. Und wenn du lange genug im Business bist, so wie ich, dann weißt du, dass du einen guten Job machst und dass sie nicht mehr ohne dich können, die Fans, äh, die Kunden. Du hast eine Mission, eine große Mission: Eis verkaufen! Ja. Das ist mein Ding.«

... sie strampeln und zappeln und wollen sich der Staatsgewalt (unverständlicherweise) nicht beugen. Verzweifelt versuchen sie zu erklären, dass sie doch nur einen gemütlichen Tee trinken wollten. Einer der Polizisten entgegnet, dass sie das dem Untersuchungsrichter erzählen können. Außerdem könne ein Tee an sich nicht gemütlich sein. Der Mann ist mir auf Anhieb sympathisch.

Die Rollator-Oma schiebt sich langsam an der Szenerie vorbei und wirft mir einen feindseligen Blick zu. Zeige ihr meinen Mittelfinger. Die Bedienung hat das wohl gesehen und bringt uns daraufhin unaufgefordert die Rechnung. Sie fragt mich, was für ein Problem ich mit ihrer Mutter hätte.

Ich sage, dass sie nicht zurückgegrüßt habe auf der Straße. Die Bedienung entgegnet, dass sie taub sei. «Dann kann sie immer noch die Hand heben«, meine ich überstürzt. Mit der Schnelligkeit und Intensität eines Adrenalinstoßes überkommt mich das Gefühl, ich wäre lieber still geblieben. Jetzt auch zu spät. Gebe als Entschädigung mäßiges Trinkgeld. Der Eismann fragt, ob er mit Erdnüssen bezahlen könne, die seien 50 Cent wert. Die Bedienung läuft rot an und ich bezahle das Eis. Sie sagt, wir sollten besser nicht mehr wiederkommen.

Draußen verabschiede ich mich herzlich vom Eismann und gehe zu den Polizisten. Gebe ihnen den Tipp, dass die Bedienung auch in der Erdbeerteesache mit drinhängt und ihre ganze Familie. »Sehen Sie die alte Frau da vorne, mit der Gehhilfe? Das ist der dicke Fisch, der Kopf, die Patin. Die müssen Sie drankriegen, dann hebeln Sie das ganze schmutzige Drogennest aus.«

Der Polizist mit den meisten Sternen auf der Schulter mustert mich herablassend und fragt nach meinen Personalien. Ich zucke zusammen und simuliere damit geschickt den Vibrationsalarm meines Mobiltelefons. Sage, dass es ein wichtiges Gespräch sei, und gehe mit dem Handy am Ohr ein paar Meter weit weg. Gerade als ich »O mein Gott, ich komme sofort«, schreie, fängt es tatsächlich an, zu klingeln.

Da der Polizist mich dabei beobachtet hat, entschließe ich mich dazu, feige wegzulaufen. Der Polizist folgt mir kurzentschlossen in etwa 30 Meter Abstand. Es entwickelt sich eine dramatische Verfolgungsjagd, von der sich Lola oder Jason Bourne noch eine Scheibe abschneiden könnten. Ich trete eine Taube vorübergehend flugunfähig, werde nahezu von einem Fahrrad erfasst und entgehe nur knapp dem sicheren Tod, da ich der Bananenschale vor mir im letzten Moment ausweichen kann. Ein paar Ecken später sehe ich meine Rettung nahen, den Eismann-Laster.

Ich winke ihm heftig zu und die Beifahrertür schwingt auf. Ein kurzer Schlusssprint mit voller Energie, dann hechte ich mich neben den Eismann und lande auf einer Packung Schokoküsse auf dem Beifahrersitz. Ich bitte ihn nachdrücklich, recht schnell irgendwohin zu fahren. Der Eismann legt den Gang ein und gibt Vollgas, wir brettern mit 70 Sachen über die Ortsgrenze.

Im Rückspiegel sehe ich, wie der Polizist resigniert seine Mütze auf den Boden wirft, eine Staubwolke steigt auf. Wir sind frei. Ich glaube nicht, dass ich ein zweites Mal diese Ortschaft betreten werde, wie auch immer sie hieß.

## METTMANN
Eismann 3

Im Rückspiegel sehe ich, wie der Polizist resigniert seine Mütze auf den Boden wirft, eine Staubwolke steigt auf. »Wir sind frei«, sage ich und der Eismann stellt das Radio an. Der Moderator ruft jemanden an, der 10 000 Euro bekommt, wenn er sich mit »Gute Laune am Morgen auf Radio zwo vertreibt Kummer und Sorgen und macht froh« meldet. Das Telefon klingelt. Im Radio. Eine verwirrte Hausfrau bemüht sich, das Geld zu bekommen, bekommt aber den Reim nicht auf die Reihe. Will den Sender wechseln. Der Eismann haut mir auf die Finger. »Da haben wir Werbung geschaltet«, ist seine Begründung.

Sehe die nächsten zwanzig Minuten aus dem Fenster und sage nichts. Frage dann aus naiver Neugier: »Wo fahren wir eigentlich hin?« – »Nach Mettmann.« – »Ach.«

Gebe mich vorläufig mit der Antwort zufrieden, sehe wieder 20 Minuten aus dem Fenster. Die Kühe draußen kommen mir größer vor als sonst. Dann nehme ich den Gesprächsfaden geschickt wieder auf: »Was ist denn in Mettmann?« – »Die Eismannzentrale.« Sehe weitere 20 Minuten nach den Kühen. »Warum fahren wir dahin?« Der Eismann legt ohne ersichtlichen Grund eine Vollbremsung hin. Er beugt sich zu mir und sieht mich verschwörerisch an: »Quid pro quo, Ritter, quid pro quo!« Verstehe nicht, was er meint, bekomme aber Angst. Hinter uns hupen ein paar Autos und wir fahren weiter.

Die restliche Fahrt über klärt mich der Eismann auf: Wenn Eismänner neue Eismänner anwerben, bekommen sie Prozente von deren Einnahmen. Das böse Pyramidensystem. Da er mich vor der Polizei gerettet hat, muss ich also auch Eismann werden, damit er was davon hat. Quid pro quo. Sehe aus dem Fenster und freunde mich mit der neuen Situation an. Keine Kühe mehr.

Ankunft Mettmann 15 Uhr 20 MEZ + 1, Sommerzeit, Seibelstraße 36. Eine lange Reihe Eismannlaster bildet einen kapitalistischen Schutzwall vor dem Headquarter, das in den späten 70ern vielleicht mal futuristisch anmuten sollte. Alle, die irgendwo herumwuseln, tragen grünrote Overalls. Der Eismann führt mich in den Empfangsbereich und meldet mich zum Vorstellungsgespräch beim Chef an. Er sagt der Empfangsdame, sie solle auf mich aufpassen. Dann verabschiedet er sich herzlich von mir und geht zurück zu seinem Laster. Fühle mich jetzt nicht mehr ganz so frei wie zu Beginn der Reise. Die Empfangsdame sagt, ich könne so lange im Internet surfen, bis der Chef Zeit für mich hat. »Aber keine schmutzigen Seiten.« Verspreche, brav zu sein, und gehe an einen der Rechner. Auf dem Mousepad ist das Eismann-Logo abgebildet. Wette mit mir selbst, was denn wohl die Startseite sein wird, und gewinne. Frage die Empfangsfrau, ob sie ein paar Erdnüsse für mich habe. Sie bietet mir ein Eis an. Lehne dankend ab. Checke meine E-Mail und leite den ganzen Spam an slamily@yahoogroups.de weiter. Eröffne vorsorglich ein Blog mit dem Titel »Ritters Eiszeit«. Auf bild.de sind die ersten Leserfotos von der Festnahme der Patin – »HIER wird die DROGEN-OMI abgeführt«. Lande dann zufällig doch auf schmutzigen Seiten.

»Sie können jetzt hochgehen. Der Chef ist frei. Dritter Stock«, sagt die Empfangsbraut.

Fahre im Aufzug nach oben. Ein Wegweiser empfängt mich, auf dem CHEF steht, mit einem Pfeil nach rechts drunter. Folge der Anweisung und stoße auf eine Tür. Auf dem Schild an der Wand steht »v. Schleck«, darunter »Chef«. Klopfe an.

»Immer hereingeschneit!«, kommt es von drinnen. Gehe rein. Es herrscht eine kühle Atmosphäre. Der Chef trägt eine Wollmütze mit Eismann-Logo. Er streckt mir seine bläulich schimmernde Hand entgegen.

»Guten Tag, von Schleck.«

»Ist das Ihr richtiger Name?«

»Ich stelle hier die Fragen. Kann ich Ihnen was anbieten? Ein Eis zum Beispiel?«

»Danke, nein.«

»Kommen Sie schon, so ein kleines Eis auf die Schnelle.«

»Jetzt nicht, danke.«

»Ich habe 25 Sorten da. Wollen Sie mal sehen?«

Er schiebt seinen Schreibtisch auf. Merke erst jetzt, dass der Schreibtisch eine Tiefkühltruhe ist.

»Mögen Sie Mango? Oder Schlumpfeis? Ich hab auch Eis am Stiel.«

»ICH WILL GAR KEIN EIS!«

»Hier ist auch noch ein Hühnchen. Das müssten wir nur auftauen.«

Nehme schließlich einen Flutschfinger, um mir weitere Aufregung zu ersparen. Von Schleck auch.

»Dann erzählen Sie mal. Was haben Sie denn für Qualifikationen?«

»Ein abgebrochenes Anglistik-Studium und ein abgebrochenes Politik-Studium. Dann hab ich mal aus Versehen Literaturvermittlung studiert, bis ich gemerkt habe, dass das gar nicht geht. Das habe ich dann auch abgebrochen.«

»Nun ja, nicht so das Wahre. Aber solange Sie einen Führerschein haben, können Sie nicht viel falsch machen. Sagen Sie doch mal was zu Ihrer Motivation.«

»Ich möchte in einem modernen Unternehmen arbeiten, das seit 30 Jahren ständig wächst. Qualitativ hochwertige Produkte und gutes Essen begeistern mich. Service und gute Beratung sind Werte, mit denen ich mich identifiziere. Die Anerkennung guter Leistungen durch das Unternehmen und durch meine Kunden ist für mich Ziel und Befriedigung. Und ich brauche täglich Abwechslung.«

»Das haben Sie doch auf unserer Homepage gelesen und auswendig gelernt.«

»Ja, gerade eben.«

»Hm, die anderen Bewerber machen sich nicht mal die Mühe. Ihr Eis ist ja schon leer, möchten Sie noch eines?«

»Nein, danke.«

»Junger Mann, ich habe noch nie NEIN gesagt, wenn mir jemand ein Eis angeboten hat. Hach ja, Eis …«

Von Schleck bekommt einen seltsam verklärten Gesichtsausdruck und sagt gar nichts mehr, außer »Eis«. Stelle mir vor, welcher Film grade vor seinem inneren Auge abläuft: Kostbare Momente mit Eis: Er in Italien am Strand, mit einem Eis in der Hand, vor dem Brüsseler Atomium, mit einem Eis in der Hand, auf der Freiheitsstatue, wo er das Eis wie Emily die Fackel in die Höhe reckt, in der Sahara, vorm Traualtar ... Das Telefon klingelt. Von Schleck schreckt auf. Er meldet sich mit »Die besten Hits auf Radio Fritz«. War leider ein anderer Radiosender.

»Also dann fangen Sie am Montag an«, sagt er.

»Was sind denn meine Aufgaben?«

»In der Probezeit stechen Sie hauptsächlich die Reifen von Bofrost-Lastern ab. Wenn Sie das gut machen, bekommen Sie Ihren Laster. Willkommen in der Eismann-Familie.«

Wir reichen uns die unterkühlten Hände und ich verlasse das Büro.

Ich hab es geschafft, denke ich, als ich aus dem Headquarter komme, das, was ich mir nie erträumt habe. Es ist vollbracht: Ich bin endlich Eismann!

Gehe in die Mettmanner Innenstadt, um mir Handschuhe zu kaufen. Es ist August.

weiteroben.de
christianritter.blogspot.com

Erste Auflage 2007


*Gestaltet von* Peter Hellmund
*Gesetzt aus* der Sabon und Syntax
*Gedruckt von* Pustet in Regensburg
ISBN 978-3-939103-10-3
www.buchverlag.hellmund.de